गीत चतुर्वेदी

27 नवम्बर, 1977 को मुम्बई में जन्मे गीत चतुर्वेदी को हिन्दी के सबसे ज़्यादा पढ़े जाने वाले समकालीन लेखकों में से एक माना जाता है। उनकी बारह किताबें प्रकाशित हैं, जिनमें दो कहानी-संग्रह, तीन कविता-संग्रह और उपन्यास 'सिमसिम' शामिल हैं। उनके कविता-संग्रह 'न्यूनतम मैं' और 'ख़ुशियों के गुप्तचर' हिन्दी की बेस्टसेलर सूचियों में शामिल रहे। 'टेबल लैम्प' और 'अधूरी चीज़ों का देवता' साहित्य, सिनेमा व संगीत पर लिखे उनके निबन्धों के संग्रह हैं।

कविता के लिए उनको 'भारत भूषण अग्रवाल पुरस्कार', 'स्पंदन कृति सम्मान', 'वाग्धारा नवरत्न सम्मान' तथा गल्प के लिए 'कृष्णप्रताप कथा सम्मान', 'शैलेश मटियानी कथा सम्मान', 'कृष्ण बलदेव वैद फ़ेलोशिप' और 'सैयद हैदर रज़ा फ़ेलोशिप' मिल चुके हैं। हिन्दी साहित्य में उत्कृष्ट योगदान के लिए उन्हें 'वातायन-यूके' द्वारा 'वातायन अन्तरराष्ट्रीय साहित्य सम्मान' दिया गया है। 'इंडियन एक्सप्रेस' सहित कई प्रकाशन संस्थानों ने उन्हें भारतीय भाषाओं के सर्वश्रेष्ठ लेखकों में शुमार किया है।

उनकी रचनाएँ देश-दुनिया की 24 भाषाओं में अनूदित हो चुकी हैं। उनकी कविताओं के अंग्रेज़ी अनुवाद का संग्रह 'द मेमरी ऑफ़ नाउ' 2019 में अमेरिका से प्रकाशित हुआ। उनके उपन्यास 'सिमसिम' के अंग्रेज़ी अनुवाद को (अनुवादक : अनिता गोपालन) 'पेन अमेरिका' ने अन्तरराष्ट्रीय स्तर पर प्रतिष्ठित 'पेन-हैम ट्रांसलेशन ग्रांट' अवार्ड किया है। 2023 में 'सिमसिम' को 'जेसीबी प्राइज़ फ़ॉर लिटरेचर' की दीर्घ-सूची में शामिल किया गया।

गोमूत्र

गीत चतुर्वेदी

राजकमल पेपरबैक्स

राजकमल पेपरबैक्स में
पहला संस्करण : 2023

राजकमल पेपरबैक्स : उत्कृष्ट साहित्य के जनसुलभ संस्करण

राजकमल प्रकाशन प्रा. लि.
1-बी, नेताजी सुभाष मार्ग, दरियागंज
नई दिल्ली-110 002
द्वारा प्रकाशित

शाखाएँ : अशोक राजपथ, साइंस कॉलेज के सामने, पटना-800 006
पहली मंजिल, दरबारी बिल्डिंग, महात्मा गांधी मार्ग, प्रयागराज-211 001
1, अनमोल सोराबजी सन्तुक लेन, धोबी तलाव, मरीन लाइंस, मुम्बई-400 002
वेबसाइट : www.rajkamalprakashan.com
ई-मेल : info@rajkamalprakashan.com

विकास कंप्यूटर एंड प्रिंटर्स
ट्रॉनिका सिटी-201 102
द्वारा मुद्रित

मूल्य : ₹ 199

GOMUTRA
Novella by Geet Chaturvedi

ISBN : 978-81-19835-44-7

मंज़ूर एहतेशाम
और
राजकुमार केसवानी

की स्मृति
को समर्पित

सम्भवत: मैं एक आम मध्य-वर्गीय हूँ
व्यक्ति के निजी अधिकारों में विश्वास करने वाला
आज़ादी बहुत आसान शब्द है मेरे लिए
इसका मतलब किसी वर्ग-विशेष की आज़ादी से नहीं

सियासी तौर पर नादान, शिक्षित औसत दर्जे का
(कभी-कभार कुछ ख़ास लम्हों में मुझे सब कुछ साफ़ दिखने लगता है
यही लम्हे मेरी तालीम की रोटी-बोटी हैं)

मैं याद करता हूँ उस आग को
जिसकी चमक की तरफ़ मैं खिंचा चला गया था
जो अपनी तपिश से सुखा देती है प्यासी भीड़ के होंठ
फूँक देती है किताबों को
झुलसा देती है शहरों की चमड़ी

मैं गुनगुनाता हूँ उसी आग के गीत
और जानता हूँ
दूसरों के साथ-साथ दौड़ना कितना बड़ा काम है

फिर मुँह में घुस आई राख के स्वाद के साथ
मैं सुनता हूँ अपने ही भीतर से निकलती
झूठ की विडम्बना भरी आवाज़
और भीड़ की चीख़ें

और जब छूता हूँ अपना सिर
तो लगता है
छू रहा हूँ अपने देश की गोल खोपड़ी को
उसके सख़्त किनारों को

—एडम ज़गाएव्स्की

क्रम

पवित्तर

एक रात अचानक, मुझे ऐसा लगा कि मेरी कँखौरियों में जो इकट्ठा होता है, जो मेरे माथे पर चुहचुहाता हुआ सरकता है, जो मेरी भवों के ऊपर से चलता हुआ कानों के पास पहुँच जाता है, जो बालों के भीतर जमा होकर उसे मेह भरी मिट्टी-सा बना देता है, वह पसीना गोमूत्र जैसी बदबू मारता है। पलंग पर चित्त लेटे-लेटे वह पसीना गद्दे तक में घुस जाता है, चादर को गीला कर देता है, उससे पहले मेरी क़मीज़ को पानी का चक्रव्यूह बना देता है, उससे पहले मेरी पीठ पर बड़े फूहड़ तरीक़े से चिपका रहता है, उससे पहले मेरी त्वचा के भीतर तफ़रीह करता ख़तरनाक मुस्कान के साथ साज़िश करता नज़र आता है, उससे पहले मेरी नसों में बहते रक्त में गुप्तचर की तरह शामिल हो उसके रंग के बारे में सूचनाएँ लीक करता है, ऐसा लगता है, जैसे ये पसीना किसी बहुत बड़े षड्यंत्र का हिस्सा हो। पहले यह बदबू इस तरह नहीं आती थी। वह उसी तरह होती थी, जैसे मेरी देह की गन्ध हो, भीनी-भीनी, जो मादाओं के नथुनों में बस जाए, उनके दिमाग़ को बेक़ाबू कर दे। उस गन्ध में पॉन्ड्स पाउडर के कई सफ़ेद कण घुले होते थे, जो उसकी गन्ध को एक रहस्य में तब्दील कर देते थे। ऐसा रहस्य, जिसे भेदने के लिए मादाओं में बेचैनी हो उठे। वे अपनी आवृत्त उत्कंठाओं में दौड़ पड़ें, वर्जनाओं की तरह कपड़ों को उतार फेंके और रहस्य का प्रसारण करती इस गन्ध के सरोवर में कूद जाएँ।

पर अब ऐसा नहीं हो रहा। इच्छाएँ मेरी अब भी ऐसी ही होती हैं, पर पसीना रंग दिखाने लगा है। वह अपनी साज़िश को अंजाम देता नज़र आ रहा है। उसने पता नहीं कहाँ से, गोमूत्र की गन्ध पा ली है। उस गन्ध को मेरे शरीर की मिल्कियत दे दी है। मैं अपनी देह में सोया हूँ और दुर्गन्ध से बेज़ार हूँ। मैं पलंग छोड़कर उठ जाता हूँ। मुझे लगता है, मेरे साथ कोई और भी है, जो उठा है। मैं चप्पल पहनता हूँ और बाहर की ओर सरकता हूँ। अँधेरे में आज़मा रहा हूँ अपनी याददाश्त कि कहीं आलमारी या पलंग के कोने से न टकरा जाऊँ। मुझे लगता है कि कोई और भी है, जिसने अभी-अभी सरकाकर चप्पल पहनी है। यह वही दुर्गन्ध है, जो मेरे साथ पलंग से उठी है। मैं बेहद सावधान क़दमों से चल रहा हूँ, इस क़दर कि चप्पल की आवाज़ तक न हो, साँसों पर मैं क़ाबू कर रहा हूँ, मुझे अपनी साँसों से निकलती उसकी आवाज़ साफ़ सुनाई पड़ रही है। वह मेरी चप्पल की चुप्पी में फुसफुसा रहा है। गोमूत्र मेरे पीछे-पीछे आ रहा है।

मैं बाल्कनी में आकर खड़ा हो जाता हूँ। चारों ओर सड़क पर रात की पीली रोशनी बिछी हुई है। कहीं-कहीं अंधकार भी है। कहीं बहुत दूर से किरकिराती हुई सीटी की आवाज़ आती है। चौकीदार अपना काम कर रहा है। उसकी लाठी की बहुत हल्की ठक् की आवाज़ देर तक गूँजती है, जैसे बम विस्फोट हो। रोशनी थोड़ी हड़बड़ा जाती है। मैं एक बहुत मीठी और ठंडी हवा की उम्मीद कर रहा हूँ, जिससे यह रात सर्वथा वंचित है। रीढ़ की हड्डी पर एक लकीर-सी खिंचती जा रही है। जाकर पाजामे के नाड़े में समा जाती है। गोमूत्र जैसा महकने वाला पसीना हरकत में है। वह नाक में घुस जाता है। चक्कर आ जाएगा। मैं सिगरेट सुलगाता हूँ। नाक तक आई उँगलियों में भी वही बदबू है। सिगरेट के धुएँ से उस बदबू में थोड़ी कमी आती है। मैं मुँह उठाकर धुआँ छोड़ता हूँ। हवा में अलग-अलग परतों में वह तैर रहा है। मेरे सिर के ठीक ऊपर बादल बनकर बैठ गया है। मैं फूँक मारता हूँ। उसके घनेपन पर असर पड़ता है। छितराने लगता है। मैं किसी मौन की तरह फिर स्थिर हो जाता हूँ।

हवा की कोई ख़बर नहीं। मैं कमरे में आता हूँ और बत्ती जला देता हूँ। वह गन्ध अभी भी मेरे नथुनों में कुलबुला रही है। थोड़ी देर अगर और ये गन्ध रही, तो मुझे भयंकर एलर्जी हो जाएगी। अच्छा है, कम से कम उसके बाद गन्ध तो नहीं आएगी। इस कमरे ने गोमूत्र के साथ कोई गठजोड़ किया है। बू से भभक रहा है। मैं हर कमरे की बत्ती जला देता हूँ। बाथरूम तक की। मैं पलंग के नीचे झुककर देखता हूँ। दरवाज़ा खोलकर गैलरी में ताकता हूँ। कहीं कोई गाय तो इस कमरे में नहीं आ गई? मैं सोई हुई पत्नी पर शक करता हूँ कि कहीं इसने कोई गाय तो नहीं छुपा दी है इस कमरे में, जिसने सू-सू, पॉटी कर दी हो और जिससे यहाँ रहना मुहाल हो रहा हो। न गैलरी में, न बाल्कनी में, न बाथरूम में, न पलंग के नीचे, न आलमारी के पीछे। गाय कहीं नहीं है। गोमूत्र हर जगह है। दीवार पर टंगे डेढ़ फीट के मंदिर से लेकर दरवाज़े के पीछे बेतरतीब पड़े जूते-चप्पलों के ढेर तक में। मैं गोमूत्र के युग में हूँ। कंप्यूटर के यूपीएस की लाइट चमक रही है। मैं मोबाइल उठाकर समय देखता हूँ। मेरी कल्पनाओं में आँखों से न दिखने वाली नैनोटेक्नोलॉजी की सारी करामातें हुलस रही हैं। पर इस वक़्त मुझे सच का पता चल गया है। ये सब मिथ्या है। ऊँची इमारतों से लेकर शंघाई-ल्हासा ट्रेन तक। इंट्रावेन्यस इंजेक्शनों से लेकर ओपन हार्ट तक। सब मिथ्या है। सच यह है कि गोमूत्र है, चारों ओर है। ये सारी चीज़ें उसी में लिथड़ी हुई हैं। मैं गोमूत्र के समय में तैर रहा हूँ। मैं उसकी गन्ध की पीठ पर सवार एक उड़वैया हूँ।

मुझे पहली बार नथुनों में बसी यह गन्ध याद आ गई। छह साल का था मैं। गाय को छूकर देखा था तब। कई माँओं को देखता हूँ कि कैसे अपने बच्चों को गोद में लेकर गाय के पास ले जाती हैं, कैसे बार-बार कहती हैं—बेटा, वो देख—गाय। फिर गाय की पूँछ उठाकर बच्चे के सिर पर फिराती हैं। उन्होंने बताया था कि ऐसा करने से बाल घने आते हैं। दीदी कहती थी कि जब मैं छोटा था, तो वह मुझे अपनी गोद में लेकर गायों की पूँछ को मेरे सिर से फिराती थीं। मैं हँसता नहीं था।

उस उम्र में भी नहीं, जब सिर्फ़ रोते रहना जायज़ था। हँसाने को कितने भयंकर उपक्रम किये जाते होंगे। लेकिन जब गाय की पूँछ पर उगा बालों का गुच्छा मेरे माथे और सिर पर रेशम की तरह फिरता था, तो मैं किलक उठता था। मुझे हँसाने के लिए दीदी को अच्छा तरीक़ा मिल गया। दीदी मुझसे छह साल बड़ी थीं।

मैं आईने में अपने बाल देखता हूँ। अब बहुत कम बचे हैं। गाय की पूँछ के फिरने का इस पर कोई असर नहीं पड़ा। मेरी उम्र के तमाम लोगों को घने बाल नसीब हैं। उनने जाने किस प्रजाति की गाय की पूँछ अपने टक्कल पर फिरवाई होगी?

छह साल का मैं दीदी के पीछे-पीछे चल रहा हूँ। उसे पूजा के लिए एक कटोरी गोमूत्र चाहिए। पंडित ने पहले नहीं बताया था। घर में बरसों पुरानी एक बोतल रखी थी, जिस पर इतनी मिट्टी जमा हो चुकी थी कि छू लो, तो अस्थमा हो जाए। पर पूजा के समय वह बोतल नहीं मिल रही थी। बहुत खोज लेने के बाद बड़े भैया ने बताया था कि उन्होंने बोतल फेंक दी है। माता बहुत दुखी हुईं।

तो दीदी के साथ मैं गोमूत्र एक्सप्लोर करने निकला था। आसपास कोई तबेला नहीं था और दीदी को समझ में नहीं आ रहा था कि राह चलती गाय को कैसे सू-सू करने पर मजबूर करे। वह काफ़ी देर तक सड़क के किनारे गाय के एक्शन का इन्तज़ार करती रहीं। मैं मूक हवा की तरह साथ था। एक जगह चार गायें खड़ी थीं। बटर-पापड़ी के ठेले वाले से दीदी ने पूछा—अंकल, इसमें से गाय कौन है?

उसने दूर इशारा करते हुए कहा, वो देख, साँड़ खड़ा है। जाके उससे पूछ ले।

हँसते हुए लोगों में से किसी ने बताया कि नामे की दुकान के पीछे एक तबेला है, वहाँ से जाकर माँग लो। नामे की दुकान तक जाने में आधा घंटा लग गया। रास्ते में पाँच बार गायें मिलीं, जिन्हें कोई रोटी खिला रहा था, तो कोई उसके आगे पानी की धार चढ़ा रहा था।

एक गाय ठेलेवाले की सब्ज़ी में मुँह मार रही थी। ठेलेवाले ने उसे एक डंडा मारा। गाय हड़बड़ा कर सड़क की तरफ़ भागी। एक स्कूटर वाला तेज़ी से इसी दिशा में आ रहा था। गाय ने अपनी हड़बड़ाहट से उसकी रफ़्तार को आतंकित कर दिया। स्कूटर गाय के पेट पर टकराया। स्कूटर वाला चार हाथ दूर छिटक गया। देर तक स्कूटर की घों-घों करती आवाज़ गूँजती रही। गाय ने अपनी हड़बड़ाहट पूरी सड़क को दान कर दी।

दीदी दस मिनट तक वहीं खड़ी रही। सड़क ख़ाली थी, लेकिन पार करने की हिम्मत नहीं हो रही थी। ख़ैर, तबेले के पास यही गन्ध आ रही थी, जो इस वक़्त मेरी नाक के भीतर उगे रोओं पर झूल रही है। गोमूत्र की इतनी सान्द्र गन्ध मैंने उससे पहले कभी महसूस नहीं की थी। उसके बाद सीधा आज। मैंने नाक पर हथेली रख ली। बड़े पेट और सफ़ेद धोती वाला वह आदमी बोला—बेटुआ, बरी पवित्तर गन्ह होती है ए। खें-खें करके हँसने लगा। वह नहीं हँस रहा था, उसका बड़ा पेट हँस रहा था।

लौटते समय मैंने दीदी से पवित्तर का अर्थ पूछा। उसने बताया—भगवान!

जब दीदी मरी थी, तो उसके आस-पास गोमूत्र छिड़कने के लिए मुझे ही कहा गया था। तब वह गन्ध आई थी क्या?

मैं एक और सिगरेट सुलगाता हुआ बाथरूम में घुस जाता हूँ। सारे कपड़ों को अलग़नी पर टाँग देता हूँ और सिर के ऊपर शॉवर को देखता रहता हूँ। उसके मुँह पर लाल ज़ंग लगी हुई है। जैसे सदियाँ गुज़र गई हों, उसने कभी पानी नहीं उगला। निशाना बनाकर मैं धुएँ को उसके मुँह पर दे मारता हूँ। उसे बिलकुल खाँसी नहीं आती। मेरी हथेली में हरकत होती है और शॉवर पानी फेंकने लगता है। साज़िश करने वालों की हर बूँद को मैं अपने शरीर से मिटा देना चाहता हूँ। सबसे ख़ुशबूदार साबुन को मैं अपने शरीर की बलि चढ़ा देता हूँ। पूरे शरीर को ग्यारह बार साबुन से रगड़ा है। बालों को वहाँ मौजूद गुलाबी बोतल वाली शैंपू के सफ़ेद झाग के हवाले कर दिया है, ताकि उसकी सुगन्ध से गोमूत्र को रिप्लेस कर दूँ।

ज़िन्दगी में पहली बार मैं ढाई बजे रात में नहाया हूँ। बदन पोंछने के बाद पूरी तरह पाउडर में डूब गया हूँ। हर कोने में पाउडर। इस बार पॉन्ड्स नहीं, रैक्सोना लगाया है। उस पर से भरोसा डिग गया है इस वक़्त। बहुत उम्मीद के साथ रैक्सोना के डिब्बे को देखता हूँ। मेरी लाज अब उसी के हाथ है।

नीम, गुलाब और डहेलिया

सुबह जब बाल्कनी में उठकर आया, तो अहसास हुआ कि दिन बहुत चढ़ गया है। देर तक सोए रहने के कारण शरीर तप रहा था। तपिश को मैंने बुख़ार का नाम दिया। इसलिए भी कि रात चार घंटे के बीच मुझे चार बार नहाना पड़ा था। गन्ध थी कि पीछा नहीं छोड़ रही थी। मैंने अपने शरीर को सूँघकर देखा। कोई गन्ध नहीं थी। काँख से खाँटी पसीने की बू आ रही थी, जो रात-भर एक ही जगह जमा होने के कारण गाढ़ी हो गई थी। मैं उस गन्ध को याद भी नहीं करना चाहता, जिसके कारण मेरी एक रात और आज का दिन ख़राब हो गया है। अब दिन चढ़े उठूँगा, तो कहाँ से ऑफ़िस जाऊँगा। और न ही मन हो रहा है। ऐसी उचाटावस्था दुर्लभ ही आती है। अन्दर से खट-पट की आवाज़ आ रही है। बर्तन मँजा रहा है।

मैं भीतर जाता हूँ और पूछता हूँ, "तुम्हें नींद कैसी आई?"

"ठीक थी।" उसने पतीली में जमा गीली चायपत्ती को एक पन्नी में ख़ाली करते हुए कहा।

मैंने सुबह की पहली सिगरेट मुँह को लगाई।

"गर्मी बहुत हो गई थी रात को।"

"इसीलिए तो कहती हूँ, तुम नहाकर सोया करो। दिन-भर की थकान, धूल-मिट्टी। वैसे ही सो जाओगे, तो गर्मी तो लगेगी ही।"

उसे पता नहीं चल पाया कि रात मैं चार बार नहाया था। मुँह खोलकर सो रही थी। भले कीड़े घुस जाएँ भीतर।

"आज गए क्यों नहीं?"

"ठीक नहीं हूँ।"

उसने डॉक्टर को दिखाने को कहा। वह कड़ाही में से तेल के निशान छुड़ा रही थी। उसके लिए सबसे ज़रूरी काम उस वक़्त वही था। डॉक्टर को दिखाने की सलाह भी तेल का ही एक निशान था, जिसे उसने धो डाला।

आधा बाल्टी पानी लेकर मैं बाल्कनी में गया। मग्गा निकाला ही था कि उसकी आवाज़ आई—"धीरे फेंकना पानी। नीचे वालों के कपड़े सूखते रहते हैं। कल आई थी अम्मा शिकायत करने।"

पौधों को पानी देना मेरा नया शौक़ है। तीन पौधे लगाए हैं। एक नीम का, एक गुलाब और एक डहेलिया। गुलाब और डहेलिया मुझे बहुत पसन्द हैं। डहेलिया का पौधा लगाने से पहले मैंने डहेलिया कभी नहीं देखा था। अभी मेरे पौधे में फूल नहीं आए हैं, सो मैंने अभी तक इसका फूल भी नहीं देखा। बस पढ़ा है। इसके नाम में ही कितनी ख़ूबसूरती है। आदिवासी सौंदर्य। इंका औरतों की तरह। हालाँकि मैंने इंका औरतें भी नहीं देखी हैं। नीम के बारे में एक अख़बार में पढ़ा था कि घर के बाहर इसका पौधा लगाकर रोज़ पानी दिया जाए, तो क़र्ज़े उतर जाते हैं। एक-दो दिनों की कुनमुनाहट के बाद शाम को हाट जाते समय रास्ते से मैंने ये पौधे और तीन गमले ख़रीदे थे। मैं रोज़ सुबह इन्हें पानी देता हूँ। उससे पहले ख़ुद तीन गिलास पानी पीता हूँ। ऐसा करने के लिए एक दोस्त बताकर गया था, जो साँस ऊपर-नीचे करके ख़ूब करतब दिखाता है और योगा क्लासेस चलाता है। इससे कांस्टीपेशन नहीं होगा। मेरे सिरदर्द का सबसे बड़ा कारण उसने यही बताया था। हालाँकि तीन गिलास पानी पीने के बाद भी मुझे बहुत ज़ोर लगाना पड़ता है।

मैं नीम को पानी देकर सहलाता हूँ। उसमें सात पत्तियाँ हैं। सब पुरानी हैं। एक भी नई कोंपल नहीं। मैं एक-एक पत्ती को अपनी उँगलियों से साफ़ करता हूँ। इस पर चौबीस घंटे की धूल जमा है। मैं मन ही मन उससे बातें करता हूँ। वह मेरी किसी बात का जवाब नहीं देता। हवा आती है, तो हिलने लगता है बस। मुझे उसकी पत्तियाँ नहीं चाहिए। निंबोली भी नहीं। उसकी लकड़ियों का कुछ नहीं करना मुझे। बस, यहाँ पलता रहे और क़र्ज़े उतार दे। बात करते-करते मैं न जाने किस स्वप्न में चला जाता हूँ। वहाँ आसमान से पंखे लटक रहे हैं। पंखों पर इंसान झूल रहे हैं, गले में फंदा डाले। यहाँ से वहाँ तक। बहुत सारे। बताया जाता है, ये किसान हैं। ये क़र्ज़ा नहीं चुका पाए। फिर वहाँ कुछ लोग आते हैं, जिनके हाथों में नीम के पौधे हैं। वे सारे मरे हुए किसानों को नीम के पौधे दे रहे हैं। इनसे क़र्ज़ा चुकता हो जाएगा। किसान गले से फंदा उतारकर ख़ुशी-ख़ुशी घर जा रहे हैं। तालियाँ।

अपने आप में शर्मिंदा होता हुआ मैं गुलाब और डहेलिया की ओर मुड़ जाता हूँ। पौधों से आँख नहीं मिला पाता। जल्दी-जल्दी उन पर पानी छिड़कता हूँ। इस बीच कुछ छींटे छलक कर नीचे की दौड़ लगाते हैं। मैं उन्हें बीच में पकड़ने की कोशिश करता हूँ। छींटे छटक जाते हैं।

बर्तन माँजने वाली बर्तन माँज चुकी है। अब चाय बनाने वाली चाय बना रही है।

"शक्कर बिलकुल मत डालना।"

वह चुपचाप खड़ी है।

मैं लाड़ में आता हूँ, "तुम्हारा हाथ वैसे ही बहुत मीठा है।"

वह किचन के थल्ले से हट जाती है, "आओ, बना लो। मुझे भी पिला देना।"

मैं रिरियाने लगता हूँ—"अरे बना दो यार। तुमसे मज़ाक़ नहीं कर सकता क्या?"

मज़ाक़ करने के बाद मुझे समझाना पड़ता है कि मज़ाक़ कर रहा हूँ।

वह चाय बनाने वाली से प्यार करने वाली में बदल रही है। मैं उसके हिप्स पर गुदगुदी करने लगता हूँ। वह चाय के ऊपर से काली मिर्च का पाउडर डाल रही है। उसका मानना है कि इससे मेरी खाँसी दुरुस्त रहती है। फिर वह दूध को एक गिलास में डाल रही है। फिर वह चाय के खौलते पानी में फूँक मार रही है। फिर वह गिलास से दूध उसमें उँड़ेल रही है। मेरी उँगलियाँ बदस्तूर उसके हिप्स पर खेल रही हैं।

उसे कुछ नहीं होता। मुझे भी नहीं हुआ।

मैं हॉल में बैठकर चाय का इन्तज़ार करने लगता हूँ।

चाय पीते हुए वह अपने सपने के बारे में बताती है। उसे अक्सर सपनों में सिंह पर बैठी हुई दुर्गा दिखाई देती है। वह उसे अपने साथ ले जाती है। पहाड़ों के ऊपर। क़गारों पर। वह घने जंगल में है। उसके चारों ओर साँप हैं। वह एक-एक साँप से बचते हुए एक छोटे-से मंदिर में पहुँचती है। वहाँ वह चलने की कोशिश करती है, लेकिन चल नहीं पाती। बस घिसटती है। चिल्ला तक नहीं पाती। हर किसी के सपने की तरह उसकी नींद भी यहीं कहीं टूट जाती है।

उसकी स्वप्नकथा हर रोज़ ऐसी ही होती है, जिसे बहुत ध्यान से सुनना पड़ता है, क्योंकि वह बीच में कभी भी सवाल कर सकती है और सही जवाब न पाने पर लाखों आरोप लगते हैं कि तुम मेरी बात नहीं सुनते। उसका हर सपना एक नाकामी पर टूटता है। नहीं, उसका हर सपना नाकामी का सफ़र तय करता है। वह टूटता तब है, जब वह उस नाकामी के ख़िलाफ़ मुँह नहीं खोल पाती।

"तुम्हारे सपने में शाहरुख़ ख़ान क्यों नहीं आता?"

वह बिना मुस्कराए देखती है। मैंने मुस्कान की उम्मीद की थी, एक बहुत प्रेमिल आरोप की या नखरीली हुँकार की या एक मीठी धौल की या बांकी निगाह की या शाहरुख़ के आने की संभावना के विस्तार की या एक शट-अप ओढ़े दुलार की।

पर ऐसा कुछ नहीं आया।

वह चाय का कप उठा ले जाती है। कप से भारी उसका चेहरा है। उससे भारी उसका मन है।

मैं ऐसी करोड़ों स्त्रियों के बीच ख़ुद को खड़ा पाता हूँ, जिनके चेहरे पर मुस्कान का एक तिनका तक नहीं। वे ख़ाली आँखों से मुझे देख रही हैं। उनके भारी चेहरों पर कोई भाव नहीं। वे कभी बर्तन माँजने वाली बन जाती हैं, तो कभी कपड़े धोने वाली। कभी पोंछा लगाने वाली, तो कभी निर्वस्त्र होकर प्यार करने वाली। इन करोड़ों स्त्रियों का रूप पल-पल बदलता है, लेकिन उनके चेहरे का सपाटपन नहीं। मैं हास्य क्लबों और लाफ्टर चैलेंज के इस दौर में इन करोड़ों चेहरों पर एक अदद मुस्कान का इन्तज़ार करते हुए गड़ रहा हूँ।

अद्वैत

मेरी दिनचर्या इतनी फिक्स है कि उसमें ज़रा भी बदलाव होता है, तो मुझे सहन नहीं होता। जैसे रेडियो की फ्रिक्वेंसी होती है, रेडियो को ज़रा तिरछा कर दो, तो सिंसियाने लगता है। मैं सुबह छह बजे उठता हूँ। उठते ही तीन गिलास पानी पीता हूँ। जब तक पेट पानी को स्वीकार करके उसे बिलोड़े, मैं एक पूरी सिगरेट पीता हूँ। दूसरी जलाने से पहले कुछ अहसास होता है, तो मैं रेस्टरूम में भागता हूँ। वहाँ दूसरी सिगरेट जलाकर देर तक ज़ोर-आज़माइश करता हूँ। कई बार ज़ोर की आवाज़ बाहर तक पहुँच जाती है और वह दरवाज़े के पास खड़ी होकर कहती है कि धीरे। वरना वहाँ का लाल फूल नीचे गिर जाएगा। लाल फूल की चिन्ता में कई बार मेरा प्रेशर बीच में ही रुक जाता है। बाहर निकलकर मैं एक कप चाय माँगता हूँ और टीवी लगा देता हूँ। वहाँ बाबा रामदेव फूँ-फाँ करता हुआ बड़ी कुशलता से पेट अन्दर-बाहर कर रहा होता है। उसे देखकर मुझे बड़ी हैरत होती है। किसी-किसी दिन मैं भी कुर्सी पर बैठे-बैठे फूं-फां करता हूँ। पैर को मोड़कर सिर तक लाने की कोशिश करता हूँ। ऐसा करने में मुझे एक विशेष जगह घने दर्द का अहसास होता है। फिर मुझे लाल फूल की फ़िक्र हो जाती है। फिर मैं एक सिगरेट और जला लेता हूँ। उसे पूरी करने से पहले मैं वॉश बेसिन में जाकर ज़ोर-ज़ोर से अपना गला साफ़ करता हूँ। ऐसा करते हुए मेरे सीने से भयंकर घर्राहट की आवाज़ निकलती है।

और मैं टुकड़ों-टुकड़ों में झौआ-भर बलग़म वॉश बेसिन पर उगलता हूँ। मैं उस काले-पीले द्रव्य को बेसिन की सफ़ेदी में देर तक देखता हूँ और सन्तोष से भर जाता हूँ कि इतना सारा कु-पदार्थ मैंने अपने शरीर से बाहर निकाल फेंका है। फिर मैं टीवी के सामने लौटकर आता हूँ। वहाँ एक और बाबा प्रवचन कर रहा है। वह कृष्ण की रासलीला का वर्णन कर रहा है। मैं चैनल बदल देता हूँ, तो वहाँ एक दूसरा बाबा ब्रह्मचर्य के महत्व के बारे में बता रहा है। मुझे दुख होता है, वह डेमो क्यों नहीं देता? फिर कहीं पर पत्रकार पागलों की तरह चीख़ रहे होते हैं। उन्हें देखकर मेरे मुँह से हमेशा गाली निकलती है। मुझे लगता है, ये सृष्टि के सबसे बड़े लबार हैं, जो झूठ को चिल्लाकर कहने से उसके सत्य में बदल जाने के सिद्धान्त पर यक़ीन करते हैं। फिर मैं एक कप चाय और सुड़कता हूँ। फिर एक बार और पॉटी करके आ जाता हूँ। फिर ख़बरों की इसी चीख़-पुकार में मैं नहा भी लेता हूँ। इससे पहले बेटाजी स्कूल जा चुकी होती हैं। वह कब उठती हैं, कब तैयार होती हैं, मैं नहीं देख पाता। रोज़ सोचता हूँ कि कल से देखूँगा, पर रोज़ भूल जाता हूँ। वह चौथी या पाँचवीं बार *बाय डैडी* बोलती हैं, तब मैं उनकी ओर देख पाता हूँ। और फिर सोचता हूँ कि कल उनसे पहले मैं उन्हें *बाय बेटाजी* कहूँगा, पर रोज़ यह रह जाता है। जब बेटाजी कहती हैं कि टीवी पर कितने अच्छे-अच्छे डैडी होते हैं, जो हल्के-हल्के मुक्कों से प्यार करते हैं, लौटते वक़्त चॉकलेट लाते हैं, और देर तक बाय-बाय में हाथ हिलाते हैं, तो मुझे लगता है कि दुनिया-भर के सुन्दर, प्रेमिल और स्नेहिल विज्ञापनी डैडियों ने मेरा टेंटुआ पकड़ लिया है और मुझे झिंझोड़ रहे हैं। रोज़ मैं एक अपराधबोध की तरफ़ जाता हूँ और उसके दरवाज़े पर दस्तक देकर लौट आता हूँ। नहाने से पहले ही मैं अख़बार पर नज़र डालता हूँ। शेयर बाज़ार और म्युचुअल फंड्स के रेट्स को देर तक पढ़ता हूँ। कुछ हिसाब-किताब करता हूँ और लगभग रोज़ यह सोचता हूँ कि अगली बार एकमुश्त पैसा आए, तो फलाँ फंड में डालूँगा। मैंने कुछ फंड्स के नाम और उनकी डिटेल्स अपनी ऑफ़िस

डायरी में नोट कर रखी है। हालाँकि वह इससे चिढ़ती है, क्योंकि पिछली बार मैं एक बड़ी रक़म शेयरों में खो चुका हूँ। वह अपनी शादी में चालीस हज़ार का एक हार लाई थी, जिसे बाज़ार ने साठ का बना दिया था। उसमें अपना खाता ख़ाली कर एक लाख लगाए थे मैंने, पर उसके कुछ ही दिनों बाद बुल्स ने... नहीं, बियर्स ने... नहीं यार... बुल्स ही थे शायद... पता नहीं, पर बाज़ार बैठ गया था। एक लाख रुपये सीधे नौ हज़ार सात सौ तिरसठ रुपये में बदल गए थे। तब मेरी साँस फूलने लगी थी। उन्हीं दिनों मेरी सिगरेट दस से बढक़र बीस-पच्चीस हो गई थी, जो अब तक जारी है। मुझे अपने सीने के पास दर्द का अहसास होने लगा था, पर मेरी तमाम आशंकाओं के बाद भी मुझे हार्ट अटैक नहीं हो पाया। इसके बाद बहुत दिनों तक मुझे क़ब्ज़ की शिकायत रही थी। कितना भी ज़ोर लगाता, न लाल फूल बाहर निकलता, न कुछ और। उसके बाद सिरदर्द बहुत बुरी तरह बढ़ गया था, जो अब भी हर दूसरे-तीसरे रोज़ होता है। एक डॉक्टर को दिखाया था, तो उसने बताया कि यह माइग्रेन है, जीनियस वाला माइग्रेन। मुझे बहुत ख़ुशी हुई थी माइग्रेन की यह क़िस्म जानकर। सिरदर्द के बाद मैं एक गर्व में आ जाता था। मैं दवाएँ खाता रहा। तीन रातें उसने गुनगुने दूध में दो चम्मच काली मिर्ची पाउडर भी दिया था, पर सिवा जलन के कुछ नहीं हुआ। याद नहीं कि वह क़ब्ज़ कैसे मिटी थी, या शायद अब तक न मिटी हो, पर 'पिंक पेपर' पर नीली स्याही से निशान लगाने की आदत तब से पड़ी है। पिंक पेपर शब्द पहली बार मैंने बाबा के मुँह से सुना था। तब तक मुझे पता नहीं था कि बिजनेस अख़बारों को पिंक पेपर कहा जाता है। वह ऐसा समय था, जब पूरा ऑफ़िस पिंक हो रहा था। मेरी गली, मेरा चौराहा, मेरा मोहल्ला, मेरा शहर, मेरा देश, सब कुछ पिंक था। बाज़ार इतना उछला था कि उसका रंग पिंक हो गया था। बस, ट्रेन, ऑटो, साइकल रिक्शा, सुलभ शौचालय सब पिंक। लोग सुबह मुँह धोकर आईना देखते, तो उन्हें अपना चेहरा पिंक दिखाई देता था। शराब पीने के बाद आँखों में लाल नहीं, पिंक डोरे पड़ते थे।

ग़ुस्से में चेहरा लाल नहीं, पिंक होता था। इसी तरह, लज्जा का रंग भी पिंक हो गया था। जब मैंने अख़बार वाले को कहकर एक पिंक पेपर अपने यहाँ भी डलवाना शुरू किया, तो उस दिन से मेरे घर का रंग भी पिंक हो गया। मैं डिक्शनरी की सहायता से उस अख़बार को पढ़ता, कुछ शब्दों का अर्थ पेंसिल से लिखता और नीली स्याही से कुछ लेखों पर गोल निशान लगाता। कुछ कम्पनियों के बारे में अपनी बीवी को बताता। उनकी प्रोग्रेस रिपोर्ट, प्रॉफिट, प्रॉस्पेक्ट्स और ऑब्जेक्टिव्स सुनाता। यह बताता कि एक साल से भी कम समय में हमारा पैसा दोगुना हो जाएगा। वह मुस्कराते हुए बहुत ध्यान से सुनती थी। इस तरह से हम दोनों के बीच का रिश्ता भी पिंक हो गया था।

बाद में जब हिन्दी में अनुवाद होकर पिंक पेपर निकलने लगे, तो मेरा यह काम भी काफ़ी आसान हो गया। हालाँकि मैं दफ़्तर अपने साथ अंग्रेज़ी वाला पिंक पेपर ही लेकर जाता और बड़े गर्व से उसे अपनी मेज़ पर रखता था। हालाँक़ि हर मेज़ पर एक पिंक पेपर पड़ा रहता था। हालाँकि कुछ मेज़ें मुझसे ज़्यादा आगे थीं और उन पर पिंक किताबें भी होती थीं।

किताबों का मुझे गहरा शौक़ है। रेलवे स्टेशन से मैंने कई किताबें ख़रीदी हैं। प्रेमचंद की अमर कथाएँ से लेकर चाणक्य नीति तक। ओशो की संभोग से समाधि, तो आदि शंकराचार्य की जीवनी तक। सच कहूँ, तो इनमें ज्ञान भरा होता है, जो आज की तारीख़ में जल्दी मिलता नहीं। एक दिन मैंने अपनी किताबें गिनी थीं। कुल तिरपन। कई बार मेरा मन करता है कि मेरे पास एक बड़ी-सी रैक हो, जिसमें ये सब सजाकर रखूँ, पर उतनी किताबें नहीं हैं मेरे पास। बड़ी रैक के लिए और किताबें लेनी होंगी। और किताबें ले लीं, तो सच में बड़ी रैक लेनी होगी। मुझे एक घंटा ट्रेन में सफ़र करना होता है ऑफ़िस जाने के लिए। उस समय में मुझे पढ़ना पसन्द है। हालाँकि मेरे सिवाय उन किताबों को भी नहीं पता होगा कि मैंने उन्हें पढ़ा है या नहीं। मैं पढ़ने लगता हूँ, तो ध्यान भटक जाता है।

मैं पाँच लाइनें पढ़ता हूँ, तो पचास की कल्पना कर लेता हूँ। इस तरह उस किताब से बहुत दूर चला जाता हूँ। और इस तरह कभी पूरी नहीं कर पाता।

एक दिन बाबा ने टोक दिया, "इतने दिनों में तुम यह किताब पूरी नहीं पढ़ पाए?"

मैंने बिना उसकी ओर देखे कहा, "सर, दुबारा पढ़ रहा हूँ। पिछली बार मेरी देह ने पढ़ी थी यह किताब, इस बार मेरी रूह पढ़ रही है।"

बाबा खें-खें करता अपने केबिन में चला गया। मुझे सुकून हुआ, उसकी रूह और देह की थ्योरी उसी को रसीद कर दी।

बाबा कहता है, जो रूह करती है, उसे देह नापसन्द करती है। जो देह करती है, उसे रूह ग़लत मानती है। जबकि देह और रूह दोनों एक हैं। लेकिन देखा जाए, तो दोनों अलग भी हैं। जैसे पानी और बर्फ़ एक ही हैं, लेकिन दोनों अलग भी हैं। यही एक होना तो अद्वैत है। और अलग होना विशिष्ट-अद्वैत है।

बहुत दिनों तक इस अद्वैत को मैं अदेत्य बोलता रहा। मुझे ये कोई बहुत बड़ा दैत्य लगता था। मुझे कभी बाबा का ये भाषण समझ नहीं आया। सच कहूँ, तो वह बड़ा ज्ञानी है। यह भी झूठ नहीं कि बाबा चूतिया-बसन्त है। ज्ञानी और चूतिए दिखते अलग हैं, पर होते एक ही हैं। यही इनका अद्वैत है।

केबिन से बाहर निकलकर मैं अद्वैत को इस तरह परिभाषित करता और पूरे स्टाफ के बीच ठहाके उड़ते। बाबा मुझसे ख़ास मोहब्बत करता है। इसीलिए चूतिया है, यह नहीं कह सकता। पर मेरी दिनचर्या को तोड़ने की हद कोशिश करता है। शाम को घर लौटता हूँ, तो बाबा मेरी पीठ पर सवार होता है। मैं मन ही मन उससे बहस कर रहा होता हूँ। उसकी चूतियागिरी का जवाब सोच रहा होता हूँ। कई बार मैं अपने भीतर ही उसे पीट भी चुका होता हूँ। अपने भीतर से उसकी चीख़ निकलते हुए भी सुनता हूँ। उस वक़्त वासुदेव कृष्ण की तरह मेरे चेहरे पर स्निग्ध मुस्कान आ जाती है। चाय-सिगरेट पीने और एक बार फिर ज़ोर लगाकर आने

में काल कपाल महाकाल और लाफ्टर शो जैसे सीरियल आ जाते हैं। उनके चुटकुलों पर मैं दिल खोलकर हँसता हूँ और महसूस करता हूँ कि ज़िन्दगी में हँसने के लिए अभी भी बहुत कुछ बचा है। बेटाजी या उसकी माँजी को चुटकुलों पर हँसी नहीं आती। वे उस समय टीवी को कम, हँसती हुई मेरी तोंद को ज़्यादा देखते हैं। रात का खाना खाकर मैं केबल पर कोई फ़िल्म देखता हूँ और जब बिस्तर में पहुँचता हूँ, तो वे लोग सो चुके होते हैं। मैं बर्तन माँजने वाली, खाना पकाने वाली, कपड़े धोने वाली, झाड़ू लगाने वाली, प्रेस करने वाली को मुँह खोलकर सोने वाली में बदला हुआ देखता हूँ। कभी-कभी उसकी साड़ी कुछ ख़ास जगहों से हटी होती है। मैं जाकर छूता हूँ, उसे प्यार करने वाली और खेलने वाली में तब्दील करना चाहता हूँ, लेकिन उसके शरीर में थिरकन नहीं होती। कई बार मैं डर जाता हूँ, वह मर तो नहीं गई! फिर मैं सो जाता हूँ। नींद में कई बार मैं फिर उसे खेलने वाली में तब्दील करना चाहता हूँ, पर उसकी नींद नहीं खुल पाती। मैं आश्चर्य करता हूँ, इतने उत्तेजक और मादक समय में, जब युवतियाँ कपड़ों को उतार फेंक रही हैं, टीवी पर चौबीसों घंटे माँसलता दिख रही है, लड़के कपड़े उतारकर नंगी छाती पर स्प्रे कर रहे हैं, रोज़ ब्लू फ़िल्मों की हज़ारों सीडियाँ पकड़ी जा रही हैं, ईमेल पर हर दूसरा सन्देसा अनजाने व्यापारियों की ओर से एक क्लिक से वियाग्रा पाने और दो क्लिक से पेनिस बड़ा करने का प्रस्ताव देता हो, हमारे बेडरूम में ऐसी मनहूस वीरानगी छाई हुई है? फिर मैं अपनी क़िस्मत को कोसता हूँ। फिर कुछ अनएक्सप्लोर्ड देहों, अनटेम्ड रूहों का स्मरण करते हुए सो जाता हूँ।

तो ऐसे रुटीन में, जहाँ जी-भर थकान हो, उससे निकली नींद हो, काम हो, आराम हो, दुख-सुख हों, मासूम, पवित्र और प्रेम से पगा पिंक कलर हो, साबुनों, पाउडरों और डियो की ख़ुशबू हो, वहाँ अनिद्रा आ जाए, गोमूत्र की दुर्गन्ध नाक की नोंक पर बैठ हिंडोले लेने लगे, बेइंतहा थकान के बाद भी बिस्तर जागती हुई करवटों से सिकुड़ जाए, तो टेंशन होगा ही।

राजा पकड़ा गया

उस दिन मैं घर पर था, जब वे चार लोग आए थे। उनमें से सिर्फ़ एक ही शरीफ़ लग रहा था। उसने शरीफ़ दिखने के लिए बाक़ायदा बिना नील वाली सफ़ेद शर्ट पहनी थी और गले में लाल-सुनहरे चकत्तों वाली एक टाई भी। उसके बाल छोटे-छोटे, पर खड़े थे, जैसा कि आजकल टीवी पर ज़्यादातर लौंडों के दिखते हैं। उस एक के रूप का ही वर्णन किया जा सकता है, बाक़ी तीनों का कोई रूप नहीं था। वे अरूप थे, निराकार थे, निर्गुण थे।

उसने बहुत गर्मजोशी से हाथ मिलाया। उससे पहले उसने मुझसे मेरा नाम कंफर्म किया था। उससे पहले उसने दरवाज़े पर घंटी मारी थी। उससे पहले वह किसी साज़िश में डूब रहा था। उससे पहले वह एक हत्या कर चुका था।

उसने याद दिलाया कि पन्द्रह दिन पहले उसी ने मुझे फ़ोन करके टेली स्काई शॉप की ओर से एक बड़ी वॉशिंग मशीन इनाम में जीतने की ख़ुशख़बरी दी थी। मैं इस बात को लगभग भूल चुका था। तब—मैं हैरान था क्योंकि मैंने किसी पुरस्कार के लिए आवेदन नहीं किया था, न ही यार-दोस्तों की मिन्नतें की थीं, फिर कैसे मिल गया। उसने बताया कि उन्होंने अख़बार में कूपन दिया था, और जिस कूपन को लकी ड्रा की क़िस्मत हासिल हुई है, उसमें यही मोबाइल नम्बर है। मैंने हैरानी छोड़ दी।

हालाँकि मुझे अच्छी तरह याद है कि मैंने ऐसा कोई कूपन नहीं भरा था, पर अब इनाम जीत लिया है, और नम्बर भी मेरा ही है, तो हाँ बोलने में क्या जाता है? मशीन तो आ ही जाएगी। उसके बाद उसने मुझे एक स्कीम बताई थी, जिसके अनुसार, कुछ दिनों बाद वह आएगा, मुझसे कुछ पेपर्स साइन करवाएगा, कुछ गिफ़्ट कूपन्स देगा, जिसमें से तीन हम इस्तेमाल कर सकेंगे, और बाक़ी अपने दोस्तों को बाँट सकेंगे। उन कूपन्स की क़ीमत दस हज़ार रुपये से ज़्यादा बताई उसने। फिर उसने मुझसे मेरा पता लिया था। नज़दीकी लैंडमार्क्स पूछे थे और यह भी पूछा था कि किस समय मैं घर में मिलता हूँ, क्योंकि उसे काग़ज़ों पर मेरे ही साइन चाहिए थे। मैंने बिना गीता पर हाथ रखे उसे जो कुछ बताया, सच ही था।

भले मेरे पास एक वॉशिंग मशीन है, पर इनाम जीतना ख़ुशी की बात थी और मैं क़रीब दो दिन तक ऐसी फूल में था, जिसमें सिर्फ़ हवा ही नहीं होती। मैं कपड़े धोने वाली के हाथों को देखकर वैसे ही दुखी होता था। मैं उसे कभी कपड़े धोते देख नहीं पाया था, इसलिए कभी ये सोचा नहीं था। मेरी स्मृतियों में वह तवे पर रोटी और एक गमछे टाइप का कपड़ा फिराकर जला हुआ लाल आटा साफ़ करते हुए या मुँह खोलकर सोते हुए ही आती है। वह कई बार कह चुकी थी कि एक वॉशिंग मशीन ले ली जाए। मैं ही आलस करता था। हालाँकि क़िस्तों की तमाम सुविधा है। अब तो कस्टमर की हर इच्छा मानी जाती है। किंग होता है वह। मैं एक बार भी दुकान में जाता, तो घर तक पहुँचा कर जाते वे लोग। चार-पाँच महीने पहले मैं गया भी, और वे लोग घर तक आए क़िस्तों वाला फॉर्म साइन करवाने, मशीन डिलीवर करने। यही नहीं, मेरे पास पैन कार्ड की फ़ोटोकॉपी नहीं थी, तो एग्ज़ीक्यूटिव ख़ुद दौड़ा-दौड़ा गया था *झेरॉक्स* वाली दुकान तक। और उसका रुपया भी स्वीकार नहीं किया था। मैंने कपड़े धोने वाली की तरफ़ रुआब से देखा था। वह मुस्करा रही थी, रुआबित हो गई थी।

मशीन होने के बाद भी एक और मशीन मिल जाने से मैं ख़ुश ही था, क्योंकि अगले ही महीने एक बहुत ख़ास रिश्तेदार का गृहप्रवेश है और उसे वह मशीन गिफ्ट में दी जा सकती है।

मैंने उनके लिए शरबत मँगाया और मुस्कराते हुए इन्तज़ार करने लगा। उसने अपने बैग से एक लैपटॉप निकाला और पूरे घर में नज़रें फिराते हुए टिक-टिक करने लगा। वह मुझसे घर का हाल लेता। बच्चों के बारे में पूछता और मेरी पत्नी को प्यार से भाभीजी कहकर बुलाता। ऐसा लग रहा था, वह मेरा कोई रिश्तेदार था, जो शताब्दियों बाद मिलने आया हो। बीच-बीच मे वह पूछ लेता, एक शताब्दी पहले तो आप पंडागिरी किया करते थे। दो शताब्दी पहले तो आप नवाबों की पत्री बाँचकर उनके गले का हार झटक लेते थे, पाँच शताब्दी पहले तो आप पूरे गाँव का ख़ून चूसा करते थे और दस शताब्दी पहले आप आग में सीसा पिघला रहे होते थे और ज्ञान को झाँक कर पा लेने वालों को एक कमरे में कोंड कर उनके कानों में उँड़ेला करते थे...

मैं हैरान था। उसे मेरा शताब्दियों पुराना इतिहास पता था, जिसे सभ्यता का चरणवर्ती विकास समझ कर मैं भूल चुका था।

उसके बाद उसने रुख़ बदला। चार काग़ज़ मेरी ओर बढ़ाए।

"सर, माफ़ कीजिएगा, पर काफ़ी समय हो गया, आपने अपने क्रेडिट कार्ड का बिल नहीं भरा।"

"मैं तो हमेशा भरता हूँ, पर इस बात का इनाम से क्या लेना-देना?" मैं सकपका गया। मेरी समझ में बहुत तेज़ी से कुछ आया।

"कोई लेना-देना नहीं है। सही बात है। इनाम का आपके क्रेडिट कार्ड से कोई लेना-देना नहीं।"

बोलने के अन्दाज़ से वह टीवी छाप एक्टर लग रहा था, जिसकी त्योरियाँ इतनी बार हिलती हैं कि चार चमाट लगाने को दिल करे। पर इस वक़्त दिल की सुनाई नहीं पड़ रही।

होंठ सूख गए थे।

"ये काग़ज़ हैं मेरे पास। आपने कई महीनों से नहीं भरा है। आप पिछला मकान भी छोड़ आए हैं। और आप बैंक का कोई फ़ोन अटैंड नहीं करते। आपने इन्फॉर्म तक नहीं किया एड्रेस चेंज का। और न ही आप अपनी क़िस्तें जमा करते हैं।"

उसके पास सारे फैक्ट्स थे। और वह बोल भी रहा था, बहुत कुछ।

उसकी बात सही थी। मैंने कई महीनों से बिल नहीं भरा है। जब उस मकान में था, तो हर महीने कोरियर आ जाता था, जिसमें बिल की रक़म लिखी होती। मैं जमा कर देता था। इस मकान में आने के बाद हाथ इतना तंग हो गया था कि मैं नहों भर पाया। एड्रेस चेंज के बारे में बताना भी ध्यान नहीं रहा। यह भी सच है। एक समय क्रेडिट कार्ड का इस्तेमाल भी ख़ूब किया, यह बात भी सच है। मेरे अपने हिसाब के मुताबिक़ सत्तर हज़ार से ज़्यादा का ख़र्च कर चुका था मैं। कुछ महीनों तक जब मैंने बिल नहीं भरा, तो बैंक से फ़ोन आया। कोई लड़की थी उस तरफ़, जिसकी आवाज़ में इतनी मिठास थी कि अकेले मिलने को दिल करने लगे। उसने प्यार से बात की और मेरे बारे में पूछा। मैं उसे बताना चाहता था कि मैंने घर बदल लिया है, सो उनके कोरियर नहीं मिले हैं मुझे और मैं नहीं भर पाया हूँ, पर किसी शक्ति ने मुझे ऐसा कहने से रोक दिया। उसने एक अमाउंट बताया और इस बात पर ज़ोर देने लगी कि मैं अपना एड्रेस बता दूँ, ताकि वह अपना एग्ज़ीक्यूटिव भेजकर पैसे कलेक्ट कर ले। मैंने एड्रेस नहीं बताया और कहता रहा कि मैं पैसे सीधे बैंक में ही भरवा दूँगा। पर वह पीछे पड़ी हुई थी। मैं चिढ़ गया। बोला, "कहा न आपको, मैं प्रॉब्लम में हूँ। जल्दी ही जाकर बैंक में जमा करा दूँगा। क्यों पीछे पड़ी हैं आप?"

उसकी आवाज़ थोड़ी बढ़ गई, "सर, चिल्लाइए मत। मैं अपना काम कर रही हूँ। और आपको तो देने ही हैं पैसे, तो मेरे एग्ज़ीक्यूटिव को दे दीजिए। बैंक तक जाने की दिक़्क़त क्यों करते हैं?"

वह किसी भी तरह मेरे घर पर आदमी भेजना चाहती थी।

मैं चीख़ा, "मैंने कहा न, आ जाएँगे आपके बैंक में पैसे। क्यों भिखारी की तरह पीछे पड़ी हो तुम?"

"भिखारी मैं हूँ या आप? क्यों इस तरह चिल्लाकर बात कर रहे हैं? क़र्ज़ा आपने लिया है, मैंने नहीं। ऊँची आवाज़ में बोलने का हक़ नहीं है आपको। पहले क़र्ज़ा चुकाइए, फिर जितना मर्ज़ी हो, चिल्लाइए। जब नहीं भर सकते, तो क्यों ले लेते हैं क़र्ज़ा?"

"मैं आपके पास नहीं आया था ये दो कौड़ी का कार्ड माँगने? आपका एग्ज़ीक्यूटिव नाक रगड़ रहा था कि ले लो सरजी, ले लो सरजी..."

इतना कहकर मैंने फ़ोन काट दिया। लाल वाला बटन इतनी ज़ोर से दबाया, मानो उससे कट होने की ज़ोरदार आवाज़ उस लड़की के कानों को ठोंकेगी। उसके बाद उसने फ़ोन नहीं किया। करती भी, तो मैं नहीं उठाता।

भले मैं बहुत चीख़कर बोला था, पर उस लड़की की आवाज़, उसके शब्द मेरे कानों को छेदते रहे। उस दिन बहुत देर तक मेरी धड़कनें बढ़ी रहीं। बाबा कहता है, हर टू-पार्टी कन्वर्सेशन में एक पार्टी को गेन होता है, और दूसरी को लॉस। विक्ट्री एण्ड डिफीट। मैंने बहुत चिल्लाकर फ़ोन बन्द किया था, पर मुझे बार-बार यह अहसास होता रहा कि मेरी पराजय हुई है। मुझे किसी ने नंगा कर दिया है। दो-टके की कॉलसेंटर वाली एक लड़की ने मुझे नंगा कर दिया था। मैं कभी सबसे विकट एकांत में, सबसे पवित्र निजता में भी, ख़ुद तक से नहीं कहता था अपने हालात के बारे में, कभी यह सोचता तक नहीं था कि कोई क़र्ज़ है मुझ पर और वह किसी सुक्खी लाला की तरह मुझे हड़का कर चली गई। यह अहसास दिला गई कि कितना गिरा हुआ हूँ मैं। पट लेटा हुआ हूँ किसी के चरणों में।

और इस लेटे हुए को मैं साष्टांग दंडवत् मानता हूँ क्या?

अगर मैं उससे चिल्लाकर बात नहीं करता, तो वह इस तरह मुझे नंगा नहीं करती? पर मैं लगातार यह पढ़ता-सुनता आ रहा हूँ कि कस्टमर इज़ किंग। आज कस्टमर ज़रा-सा चिल्ला देता है, तो कम्पनियों की चूलें हिल जाती हैं। एग्ज़ीक्यूटिव्स की नौकरी चली जाती है।

मैंने अपनी आँख से देखा था ऐसा होते। हमारे एकाउंट्स मैनेजर ने एक की नौकरी खा ली थी। एक मोबाइल कम्पनी ने हमारी कम्पनी के तीन बड़े अफ़सरों की आउटगोइंग बन्द कर दी। पता चला कि उनके बिल में तीन हज़ार रुपये आउटस्टैंडिंग थे। भरे नहीं गए थे। वे बेचारे कॉलसेंटर में फ़ोन करते, तो बिल भरने को कहा जाता। उन्होंने एकाउंट्स मैनेजर को बताया। मैनेजर ने मोबाइल कम्पनी के एक एग्ज़ीक्यूटिव को फ़ोन पर समझाया कि हम महीने में एक लाख से ज़्यादा का बिल भरते हैं, उसमें तीन हज़ार के लिए किसी सीनियर आदमी का फ़ोन नहीं कट करना चाहिए। एग्ज़ीक्यूटिव ने सुनने से मना कर दिया और बिल भरने को कहा। फिर मैनेजर ने उस कम्पनी के ज़ोनल मैनेजर को फ़ोन लगाया और जो चिल्लाया कि बाप रे! बोला, अभी तुम्हारे सारे सिमकार्ड निकालकर पानी में फेंकता हूँ मैं, और फलाँ कम्पनी की सर्विस लेता हूँ। अगले पन्द्रह मिनट में तीनों फ़ोन चालू हो गए। इंकार करने वाले एग्ज़ीक्यूटिव की नौकरी चली गई बताते हैं। हमने मैनेजर को बधाई दी। उसकी शूरता के क़सीदे पढ़े। वह बोला, "भाई, कस्टमर किंग होता है। इतना पैसा देते हैं हम लोग इनको। हमारी बात नहीं मानेंगे?"

एक किंग को वह लड़की इस तरह नंगा बोलकर चली गई। मुझे उस दिन बहुत रोना आया।

उसके बाद बैंक से कोई भी फ़ोन आता, मैं नहीं उठाता। वे एक लैंडलाइन नम्बर से फ़ोन करते थे। उसे मैंने अपने मोबाइल में सेव कर रखा था। उस वक़्त मैं फ़ोन को साइलेंट कर देता था। गूँगा फ़ोन घिंघियाता रहता। फिर थक जाता। उसके बाद अनजाने मोबाइल नम्बरों से फ़ोन आते। मेरी सहज बुद्धि उन्हें उठाने से मना कर देती। ऐसा कई दिनों से हो रहा था। दो बार ग़लती से उठा भी लिया था। उस ओर से मेरा वह नाम लिया गया, जो क्रेडिट कार्ड पर दर्ज है। मैं आवाज़ बदलकर देर तक हैलो-हैलो करता रहा, जैसे सुनाई नहीं पड़ रहा हो। दूसरी बार लगभग हड़काते हुए मैंने बैंकवाले से कहा था—टु हेल विद यू।

आएम इन जर्मनी। मेरा इंटरनेशनल रोमिंग लग रहा। कॉल मी आफ्टर समडेज़। चार-पाँच दिनों बाद एक एसएमएस भी आया, जिसमें पूछा गया था—आर यू बैक फ्रॉम जर्मनी? मैंने कोई जवाब नहीं दिया। तीन से दस तारीख़ के बीच ऐसे फ़ोन आते। महीने के बाक़ी हिस्से शान्ति रहती। उन सात दिनों में मैं बहुत घबराया हुआ होता। मुझे रिंग्ज़ाइटी हो गई। किसी भी समय लगता कि फ़ोन की घंटी बज रही है। मैं हाथ जेब पर ले जाता। मोबाइल को बार-बार सहलाता। उसकी स्क्रीन में दीदे फाड़कर झाँकता। फिर जेब में कोंड देता। थोड़ी देर बाद मेरे कानों को फिर घंटी बजती सुनाई देती। इसी चक्कर में मैंने पत्नी को सख़्त मना कर दिया था कि बिना मुझसे पूछे फ़ोन मत उठाना। इसी घबराहट में मैंने लगभग सारे फ़ोन उठाने बन्द कर दिये। कुछ इनकमिंग नम्बरों को मैं ऑफ़िस जाकर लैंडलाइन से मिलाता। जाँचता कि कहाँ के हैं। उनमें से कुछ उसी बैंक के निकले। मैं उनकी और अपनी चालाकी की तुलना में मुस्कराता, पर फ़ोन उठाने से और तौबा कर लेता। मैंने मकान बदल लिया था, लेकिन फ़ोन नम्बर वही था। कई जाननेवालों के फ़ोन आते, लेकिन मैं नम्बर न जानता होता, तो न उठाता। मैं नम्बरों से पहचानता था, या सेव किये गए नामों से। पहचान का कोई और आधार नहीं होता था उन दिनों। जो बाद में मुझसे फ़ोन न उठाने का उलाहना देते, उन्हें ऑफ़िस में फ़ोन करने की सलाह देता।

इतने दिनों तक एक किंग भागता रहा। अपने ग़ुलामों से। आज दबोचा गया। जिस किंग की एक तनी हुई त्योरी से इन्हें झुलस जाना था, इनके सामने बेबस बैठा है। मुझमें इस वक़्त पोरस की तरह यह कहने की हिम्मत नहीं है कि एक राजा से राजा की तरह व्यवहार हो। न ही इन्होंने सिकंदर की तरह पूछा है कि कैसा व्यवहार हो?

उसके साथ जो तीन निर्गुण और निराकार लोग आए थे, अचानक सगुण और साकार हो गए। मैं उन्हें अब तक नहीं देख पाया था। सिर्फ़ ईश्वर की तरह उनकी उपस्थिति को ही महसूस कर पाया था।

अब वे वैज्ञानिक सबूतों की तरह सामने बैठे थे। वे बहुत मज़बूत और हट्टे-कट्टे थे। उनमें से एक उठा, और उसने खुले हुए दरवाज़े को बन्द कर दिया। मुझे समूचा दृश्य बड़ा फ़िल्मी और चालू टाइप का लगा।

मैं उस सुन्दर छोकरे और साथ आए तीनों मुश्टंडों को अलग-अलग देखने लगा। अद्वैत के बारे में सोचने लगा। ये वो है और वो ये है। दोनों एक ही हैं। जो मज़बूत और हट्टा-कट्टा है, वही कमज़ोर है। अरूप और सरूप दोनों एक हैं। सुन्दर और असुन्दर दोनों एक ही हैं। माया और संन्यास दोनों एक हैं। सामने बैठे चारों एक ही हैं। जो पानी है, वही बर्फ़ है। जो बर्फ़ है, वही पानी है। एक जीवात्मा है, एक परमात्मा।

"आपका अमाउंट बन गया है, तीस हज़ार रुपया। ये सिर्फ़ इतने महीनों की बक़ाया क़िस्त और फाइन है, सर।"

उसने सर पर ख़ास स्ट्रेस दिया।

"अभी हाथोहाथ दे देवें, तो रसीद भी कट जावे। वरना ब्याज़ बनता रहेगा, यह रक़म और बड़ी हो जावेगी।"

मैंने देखा, शरबत देने वाली परदे की ओट में खड़ी है।

"अभी दे रहे हैं या...?"

"यार, इतनी रक़म घर में रखते हैं क्या?"

"कोई बात नहीं सर। मैं कल आ जाता हूँ।"

"नहीं, दो-तीन दिन रुक कर आना। और हाँ, एक बार फ़ोन कर लेना।"

किंग का रुआब गया नहीं था।

"कोई बात नहीं, सर। फ़ोन कर लूँगा। वही, टेली स्काई शॉप वाले नम्बर से करूँगा, सर। प्लीज़, उठा लेना। वैसे, इन लोगों ने भी अब घर देख ही लिया है।"

उसमें भी ग़ुलामियत बरक़रार थी। एक पल को उसका चेहरा ईस्ट इंडिया कम्पनी के पहले लॉर्ड की तरह लगा।

वह मंद-मंद मुस्करा रहा था। उस मुस्कान में वह सुन्दर, मासूम और जादूगरों जैसा लग रहा था। उसके सिर के ऊपर वैसा ही छल्ला चमक रहा था, जो अंग्रेज़ी कार्टूनों में फ़रिश्तों के सिर पर चमकता दिखाया जाता है।

उस पर चे ग्वारा आता है, जैसे किसी पर माता आती है

उनके जाने के बाद मैं शाम को सो गया। उस छोकरे के मुस्कराने के कारण, ज़्यादा सिगरेट पी लेने के कारण या गोमूत्र की ख़तरनाक गन्ध के कारण जो मेरी कँखौरियों से फिर निकल रही है... पता नहीं... पर मेरे मुँह के भीतर एक उबकाई बस गई है। मेरे सिर में दर्द पंजे चुभो रहा है। साँस धौंकनी की तरह हो गई है। और हृदय की गति बहुत बढ़ गई है। मैं इन सबको अपने भीतर समोते हुए सो गया। इन सबने मेरे सोने का लाभ उठाया और अपनी-अपनी मात्रा में वृद्धि कर ली। जब उठा, तो देखा, बूँदें खिड़की पर तड़-तड़ हाथ मार रही हैं। शायद वे घर के भीतर आना चाहती थीं। मैंने खिड़की खोल दी और जैसे बाढ़ का पानी भीतर आता है, हवा उसी तरह आई। सीधे मेरी नाक से टकराई। साँस दो पल को रुक गई।

जितनी देर मैं सोता रहा, उतनी ही देर तक एक सपना भी देखा। सपना क्यों आता है, मुझे नहीं पता। कभी ग़ौर से सोचा ही नहीं। माँ कहती थी कि जो हमारे साथ होने वाला होता है या बहुत पहले हो चुका होता है, वही बातें सपने में आती हैं। हम पूरे जीवन में दो हालात में सबसे पवित्र होते हैं। एक तो बालपन में, दूसरा गाढ़ी नींद में। ईश्वर हमसे हमारी जाग में नहीं मिलता। उसे उन लोगों से मिलना पसन्द नहीं होता, जो जाग रहे होते हैं।

ईश्वर को सोए हुए लोग बहुत पसन्द होते हैं। वह सोए हुए लोगों के प्रति अपने प्रेम का प्रदर्शन करने के लिए उनकी नींद में सपनों की भेंट भेजता है। अगर वह आपसे नाराज़ है, तो आपके पास बुरे सपने भेजता है। मुझे ईश्वर अपने दफ़्तर के बॉस, शहर के मेयर, ज़िले के सांसद और विधायक, राज्य के मुख्यमंत्री, देश के प्रधानमंत्री और उनकी सरकारों की तरह लगता है। इन सबको भी जागे हुए लोग बिलकुल अच्छे नहीं लगते। परपुरुषगमन करने वाले स्त्री (या पुरुष) की तरह, जिसे जागता हुआ पति (या पत्नी) बिलकुल अच्छा नहीं लगता। मैंने बताया है न, मुझे कभी-कभार कुछ ख़ास लम्हों में सब कुछ साफ़-साफ़ दिखने लगता है। यही लम्हे मेरी तालीम की रोटी-बोटी भी हैं। इसीलिए सियासी तौर पर नादान होने के बाद भी कभी-कभार मैं बहुत गहरी बातें बोल जाता हूँ।

सपनों से बाबा भी बहुत परेशान रहता है। किसी-किसी दिन आता है, तो चेहरा ल्लूले कद्दू की तरह सूजा हुआ। क्या हुआ, आज ठीक से सोया नहीं क्या? बीवी ने दिया है रखके, जैसे कई कमेंट्स हमारे रोकने के बाद भी मुँह से बेसाख़्ता निकल जाते। थोड़ी देर में मैं उससे पूछ ही लेता और उसका जवाब होता—सपने। मुझे सपने सोने नहीं देते। मुझे इतने सपने आते हैं कि नींद नहीं आती। मेरे पास नींद कम हैं, सपने बहुत ज़्यादा। कई बार मैं सुबह उठता हूँ, तो लगता है, लत्तों से ठुँसा हुआ कोई बोरा हूँ, जिसमें से सारे लत्ते जगह की कमी के कारण बाहर झाँक रहे हों। मैं हर लत्ते की शिकायत तो नहीं सुन सकता। इसीलिए सूज जाता हूँ।

"आज क्या हो गया? क्या देख लिया?"

"आज मैंने गांधी को देख लिया। वह मेरे दरवाज़े पर उकड़ूँ बैठा था। छटपटा रहा था। उसकी लाठी दूर पड़ी थी। उसके चारों ओर चड्ढियाँ पहने लोग खड़े थे। वे उससे उसकी लँगोट छीन रहे थे।"

"गांधी के पास लँगोट के सिवाय थी ही क्या? वो भी छीन लेगा कोई तो..." मैंने उससे सहानुभूति जताई। मुझे ये काम अच्छी तरह आता है। बाहर के लोग कहते हैं कि मेरे इसी हुनर के कारण बाबा मुझे अपने

केबिन में सबसे ज़्यादा बुलाता है, मुझसे बातें करता है और कई बार मुझे समझदार आदमी बताता है। मुझे बाबा की बातों पर हमेशा शक होता है।

"फिर क्या हुआ?"

"क्या होना था? गांधी छटपटा रहे हैं। बेचारे। उकड़ूँ बैठे अपनी लँगोट सँभाल रहे हैं। कोई यहाँ से खींच रहा है, कोई वहाँ से। मैंने दरवाज़ा खोला, तो चड्ढी-बनियान वाले भागने लगे। एक ने भागते-भागते अपने सिर से टोपी उतारकर पीछे फेंकी और चिल्लाते हुए बोला—अगली बार मिलना गांधी, देख लेंगे तुझको। पता है, वो गांधी टोपी थी। मैंने उसे उठाकर गांधी को दे दी। गांधी रोने लगे। मैंने उन्हें एक गिलास ठंडा पानी पिलाया। वह मुझसे भी घबरा रहे थे और बार-बार अपनी लँगोट सँभाल रहे थे। मैंने उन्हें समझाया कि मेरे पास पहनने को बहुत सारी पैंटें हैं, आपकी लँगोट नहीं छीनूँगा मैं। पर उनका डर नहीं जा रहा था। मैं उनसे पूछ रहा था कि वे लोग ऐसा क्यों कर रहे थे? उन्होंने अपना चश्मा सँभाला, मैंने देखा, वह मुड़-तुड़ गया था, उसका काँच चरक गया था और शायद उन्हें साफ़ नहीं दिख रहा था। उन्होंने पलटकर मुझसे ही पूछ लिया, तुम बताओ, क्यों छीन रहे थे वे लोग? मैंने कहा, शायद उनके पास कपड़े नहीं होंगे, चड्ढियों में उन्हें शर्म आती होगी, तो आपकी लँगोट को लपेट लेना चाहते होंगे। गांधी फिर रोने लगे। रोते-रोते वह कह रहे थे, क्यों नंगा करना चाहते हैं ये लोग मुझे? क्यों? उनकी चड्ढियाँ मेरी लँगोट से बड़ी हैं भाई! यह कहते हुए उनके रोने की आवाज़ बढ़ती जा रही थी। जैसे कोई भयंकर तूफ़ान हो, जैसे आसमान से बादल फटने की आवाज़ आ रही हो, जैसे बादलों के पार बैठा कोई देव रो रहा हो, जैसे दुनिया का सबसे ख़तरनाक डायनामो चल रहा हो..."

"और इसी शोर ने मेरी नींद तोड़ दी। मैंने मोबाइल में समय देखा, पौने एक बज रहे थे। मैं तब से सुबह आठ बजे तक एक कमरे से दूसरे कमरे में भटकता रहा। मैं बार-बार बाल्कनी में जाकर नीचे देखता। दरवाज़े के छेद से बाहर देखता। मुझे गांधी कहीं नहीं दिखा।

पूरी नींद ख़राब कर दी उसने। मैं पाँच मिनट के लिए सोफ़े पर बैठता, तो लगता, कई सारे सपने इसी ताक में हैं कि कब मेरी आँख लगे। वे एक साथ मुझ पर आक्रमण करना चाहते थे। मैंने भी ठान ली, नहीं सोना है, तो नहीं सोना है। सपनों की माँ की आँख।"

बाबा इस समय विचित्र लग रहा है। उसका फ्यूज उड़ा हुआ है। मैंने ऐसे कई मौक़ों को भुनाया है। किसी समय नियम के ख़िलाफ़ एडवान्स की अर्ज़ी पर साइन करा ली है, तो किसी समय अपने दुख का बहाना मारकर छुट्टी ले ली है। उसे आधे घंटे सुनकर काम निकाला जा सकता है। जिस दिन उसका फ्यूज उड़ा हो, उसके संपट नहीं पड़ती।

बाबा चूतिया है। उसके सपनों में कोई भी आ जाता है। कभी राजा अशोक, तो कभी गांधी, कभी अकबर, तो कभी चे ग्वारा।

एक दिन बाबा बहुत डिस्टर्ब था। कोई सपना देखकर आया था। पूरे दिन मग़ज़ ख़राब। दोपहर तक सबकी बैंड बजा दी। जो दिख जाए, उसको पड़ जाए। सबने मुझसे कहा, "यार, बाबा को घर भेज, वरना एक-दो को निपटा ही देगा आज। साला, फुक्कट में नौकरी खा जाएगा।"

वह पल मेरे लिए गौरव से भरा हुआ था। बाबा ऐसा नखरैला घोड़ा था, जो सबकी नाँद में नहीं लगता। मैं जाकर पुचकारता हूँ, लाइन पर आ जाता है। पर मुझे भी बहुत आँख दिखाता है। बोलता है, "तुझको नहीं डाँटूँगा, तो सब बोलेंगे कि मेरा ख़ास है, इसलिए पार्शल्टी करता हूँ।" मैं भी सुन लेता हूँ। जब आपको पता हो कि डाँटना स्वांग है, तो आप उसका आनंद लेते हैं। बचपन में ऐसे मौक़ों पर मुझे हँसी आ जाती थी। बड़े होने के बाद मैंने एक ही चीज़ पर क़ाबू पाया है, और वह है हँसी। वह मेरे इशारे पर ही मेरे दाँतों और होंठों के बीच की जगह से निकलती है। निशाने पर लगती है।

मैं बाबा को चाय पिलाने बाहर ले गया। यह सौभाग्य मुझ ही को है। इतने बड़े ऑफ़िसर को मंगल की रेहड़ी तक ले जाने का। कई बार किया है ये जादू। बाबा रो दिया उस दिन। मुझे बहुत बुरा लगा। मैं पहली बार पचास से ऊपर किसी आदमी को रोते देख रहा था—पाँच साल के बच्चे की तरह।

हिचक-हिचक कर। उस दिन उसके सपने में चे ग्वारा आया था। रौद्रावतार था। अपनी चे टोपी पहनकर। उसने चे टी-शर्ट भी पहनी थी, जो उन दिनों बहुत फैशन में थी। मुझे याद है उसकी शक्ल, क्योंकि एक दिन बीवी मेरे लिए वही लाई थी—बीस रुपये में। मैं उसे रात को पहनकर सोता था। एक बार बिस्तर के किसी उन्माद में बीवी ने मेरी वह टी-शर्ट बीच से फाड़ दी थी। निवृत्त होने के बाद मैंने देखा था, चे का आधा चेहरा एक टुकड़े पर था, आधा दूसरे। पर इसके बावजूद मेरे सपने में कभी नहीं आया वह। तब तक मुझे पता नहीं था कि चे ग्वारा है कौन? मैंने पाँच बार पूछा था बाबा से, "कौन आया था सर? कौन?" उसने बताया। "अब याद नहीं ढंग से। इतना याद है, कोई क्रांतिकारी टाइप का था, गोली-वोली बहुत चलाता था। एक दिन एफएम पर भी सुना था उसके बारे में। लड़का बोल रहा था, एक्शन हीरो था रियल में।"

तो चे टोपी और चे टी-शर्ट पहनकर चे ग्वारा मेरे बाबा के सपने में आया था। रौद्रावतार में। बाबा रोता जाए, आगे कुछ बोले ही नहीं।

"फिर सर? क्या बोला वो?"

"क्या बोला?" उसने एक और सिसकी मारी। "वह हमारी पूरी नस्ल को गाली दे रहा था। बहुत दुखी था हमसे। बार-बार बन्दूक़ तान देता मेरी तरफ़। क्या बोला, मुझे याद नहीं। पर मैं नहीं सो पाया उसके बाद। मुझे तब से बहुत रोना आ रहा है। मैं बहुत उदास हो गया हूँ।"

"आपकी नींद ले गया। छह-सात घंटे जागना पड़ा होगा आपको?"

"यार, पूरी उमर ले गया वो। हमने जवानी में उसके बहुत सपने देखे थे, पर सब चूर हो गए। वह उन्हीं सपनों का हिसाब लेने आया था।"

फिर वह बोला, "तुमने देखा है, कई लोगों के बदन में माता की सवारी आती है।"

"हाँ, देखा है। धामी या डंगरिया कहते हैं ऐसे लोगों को, हमारे पहाड़ में।"

"कहते होंगे, पर मुझे लगता है कई बार, मेरे शरीर पर भी सवारी आने वाली है, चे ग्वारा की। वह मेरे बदन में आने के लिए हबुआ रहा है।"

मैंने उसकी आँख में देखा। वह सच, बहुत बड़ा सच कह रहा था। आँखें ही तो हैं, जो हमेशा गवाही देती हैं। हमारे यहाँ कई लोगों पर चे ग्वारा आता है, जैसे कइयों पर माता आती है।

वह बोलता रहा, "उन्होंने मेरे चे को भी बाज़ार बना दिया। टी-शर्ट, टोपी, पोस्टर, टैटू। चे को बेच डाला सबने। यार, बेच डाला... तुम्हें पता है, जब चे को दफ़नाया जा रहा था, तो एक साथी ने उसका एक बाल तोड़कर अपने पास रख लिया। अब इतने दिनों बाद उसने वह बाल नीलाम किया है... जानते हो कितने में... चालीस लाख रुपये में... दो-चार रोज़ पहले ही पेपर में आया था... चे के बाल-बराबर भी नहीं है वे लोग, जो उसके बाल को शो-केस में सजाकर रखेंगे..."

वह फिर रोने लगा।

यह सब मुझे बहुत फ़िल्मी और लिज़लिज़ा लग रहा था। दो कौड़ी का सीन, जिसे कोई बहुत घटिया डायरेक्टर शूट कर रहा हो। पर मैंने उसकी रुलाहट सोख ली।

उस दिन बाबा ने खुलकर मेरे साथ सिगरेट पी। एक, दो, दस। उसका चेहरा सूजा रहा। जैसे गुब्बारे में बहुत सारी हवा। निकलने का रास्ता न हो। उसकी आँखें लाल थीं, जैसे डिब्बे में लाल मिर्च। मैं उसे ठंडा करता रहा। फिर उसके ड्राइवर को बोल उसे घर भिजवा दिया।

अगले दिन बाबा बहुत फ्रेश था। शायद आज किसी ने उसकी पवित्र नींद में ख़लल नहीं डाला था। उसने ऑफ़िस का पूरा हिसाब-किताब देखा। साइट पर भी हो आया, जहाँ दो महीने से कंस्ट्रक्शन चल रहा था। वहाँ उसने ग्यारह मज़दूरों की छँटनी कर दी। जब लौटा, तो होंठों को गोल कर सीटी बजा रहा था। 'फिर भी दिल है हिन्दुस्तानी वाला।' मैं पहुँचा, तो भी रुका नहीं। बजाता ही रहा। फिर बोला, "तुम्हें पता है, राज कपूर ने ये गाना बनाकर हमारे देश की तक़दीर लिख दी थी।"

मैं हमेशा की तरह मुग्ध होकर मुस्कराया।

वह कहता है, "मेरा जूता है जापानी, ये पतलून इंगलिस्तानी, सर पे लाल टोपी रूसी, फिर भी दिल है हिन्दुस्तानी। समझे?"

"जी सर।"

"मतलब आगे चलकर सिर्फ़ हमारा दिल ही हिन्दुस्तानी बचेगा, बाक़ी सारा सामान विदेशों से आएगा। देख लो, सिर्फ़ दिल ही बचा है अपना, बाक़ी सब ग़ैर-मुल्कों के हवाले। वहीं से आ रहा है सब सामान। गाना और लम्बा होता, तो और मुल्क जुड़ जाते इसमें, पर मीटर नहीं बना होगा। देख लो, सब कुछ तो बेच दिया है, दिल बचा है, बचा सको, तो बचा लो। वरना वो भी जाएगा। हा, हा, हा।"

बहुत ज़ोर से हँसा था। मुझे लगा कि उसकी हँसी में एक साथ कई हँसी शामिल थीं। कुछ हँसी पूरब से आई थीं, कुछ पश्चिम से, कुछ उत्तर-दक्षिण से। कुछ के आने के रास्तों का पता नहीं था। वे हँसी दिव्य रूप में कहीं से प्रकट हुई थीं।

"देख लो, हर तरफ़ ग़रीब आदमी का शोषण है। जब चाहो, तब उनका निवाला छीन लो।"

इतना कहकर वह फिर ज़ोर-से हँसा।

"ख़त्म हो जाएगा ये सब, ये देश ख़त्म हो जाएगा, लोकतंत्र ख़त्म हो जाएगा, मिलिट्री ज़्यादा दिन देखेगी नहीं, आ जाएगी सेंटर में, देख लेना।"

यह कहकर वह फिर हँसा। कौन-सी हँसी ज़्यादा ज़ोर की थी, नहीं समझ में आया।

"देख लो, कितना करप्शन है चारों तरफ़। पानी चाहिए, तो पैसा खिलाओ। राशन चाहिए, तो भी। एडमिशन से लेकर इरीगेशन तक, पैसा ही पैसा। खाओ, खाओ, और खाओ।"

यह कहकर वह फिर ज़ोरों-से हँसा। मुझे बहुत बेतुका लग रहा था। उसके सामने मैं ख़ुद को लाचार महसूस करने लगा।

बाबा मेरी हालत देख रहा था। बोला, "लाचारी ही तो है, क्या कर सकते हैं, बताओ? इसमें तो यही ठीक है कि अपना तेल देखो, अपनी धार देखो।

मस्त रहो मस्ती में, आग लगे बस्ती में। क्या करें, भई, कितनी लाचारी है।"

यह कहकर वह फिर ज़ोर-से हँसा।

मुझे लगा, वह कमरे से अन्तर्धान हो गया है। बाबा नहीं दिख रहा था, उसकी हँसती हुई कुर्सी दिख रही थी। उसकी मेज़ हँस रही थी। उसका लैपटॉप हँस रहा था। उसका ब्लैकबैरी मोबाइल हँस रहा था। उसकी टेबल पर पड़ा पीत्ज़ा हँस रहा था। ये सब चीज़ें हँसते-हँसते किसी रोलर-कोस्टर में बदल गईं। ज़ोर-ज़ोर से घूमने लगीं। सर्ररर्रर...

ऐसा मुझे एक बार तब भी महसूस हुआ था, जब बाबा का चेहरा एक दुकानदार के चेहरे में बदल गया था और वह लगातार आधे घंटे तक बिना पलक झपकाए मुझे देखता रहा था।

मेरे माथे पर पसीना आ गया। तब तक पसीने से गोमूत्र की गन्ध मैंने महसूस नहीं की थी। वह पहला मौक़ा था, जब मुझे ऐसा लगा था कि कोई गाय मुझ पर मूतकर चली गई हो। हल्की-सी एक गन्ध, सूत बराबर, मेरे नथुनों को चीरती हुई गुज़र गई। मुझे लगा, इस कमरे में ही नहीं, पूरी दुनिया में मैं अकेला खड़ा हूँ। निपट अकेला। मैं, अपने समय का एक बहुत ही मामूली आदमी, बहुत अकेला हूँ। मेरा मन रोने को करने लगा। मुझे घबराहट होने लगी।

सहसा मुझे अकेला पाकर फिर से वह हँसा।

मेरे गले में काँटे उगने लगे। मैं अपनी रुलाई नहीं रोक पा रहा था। पता नहीं क्यों, पर मुझे ऐसा लगा। उसने क्या-क्या कहा था, मेरी समझ में कुछ नहीं आया। सिर्फ़ उसकी हँसी। वही मेरे कान भेद रही थी। उसकी हँसी में सुरक्षा की गहरी भावना थी। मेरी घबराहट में असुरक्षा की। एक हँसी कैसे पूरे समय को डरा सकती है, मुझे दिखने लगा।

मुझे अपने समय के सबसे चालाक लोगों की हँसती हुई तस्वीरें अख़बारों और चैनलों पर दिख रही थीं। बजट से पहले किसानों के साथ मीटिंग में मुर्दनी ओढ़े बैठे वित्त मंत्री दूसरी तस्वीर में उद्योगपतियों को

सम्बोधित करते वक़्त बहुत हँस रहे थे। दोनों तस्वीरों में महज़ आधे घंटे का फ़र्क़ था। बाबा और वित्त मंत्री की हँसी सुपरइंपोज़ हो रही थी।

मुझे अन्दाज़ा-सा होने लगा, हँसी के जंगी मुक़ाबलों के इस दौर में सबसे ज़्यादा हँसी किनको आ रही है।

जब ये घुटन मुझसे बर्दाश्त नहीं हुई, तो अपनी आदत और अभ्यास के अनुसार सहानुभूति दिखाते हुए मैंने पूछा, "सर, आज तो कोई सपना नहीं आया?"

"अरे, सपनों की माँ की आँख। आने दो स्साले, कितने आते हैं। अपने राम भी ठाने बैठे हैं। न सोएँ, तो न सोएँगे, पर सपनों के कारण लाइफ थोड़े बर्बाद करेंगे। देखो बेटा, मैं तो मानता हूँ कि सपने रूह का भोजन होते हैं। रूह को भूख लगती है, सपनों को बुला लेती है। साथ में भूत-प्रेत, दमपिशाच सब आ जाते हैं।" फिर उसने सपनों का इतिहास बताया कि सपनों के पीछे दौड़ने वाले देशों, समाजों, लोगों को कैसे ज़लील होकर मरना पड़ा है।

मैं पूरा सुने बिना बाहर भागा। मंगल की दुकान की तरफ़। मैं वहाँ जाकर रोना चाहता था। बुरी तरह। जैसे कोई चुप न करा सके। मैं दरअसल बाबा से बहुत घबरा गया था। उसकी बातों से डर गया था। कब वह हबुआने लग जाए, कब वह चीख़ने और रोने लग जाए, नहीं पता। पर मैं बहुत दुखी हो रहा था। बाबा उस वक़्त मुझे बहुत कपटी लग रहा था। वह अपनी केंचुल उतारने के लिए मेरे कन्धे से अपना बदन रगड़ता है। उसके बाद ताज़ा होकर नया ज़हर बनाता है। मैं उसके सपनों से घबरा गया। उसके यथार्थ से भी। उसकी हँसी से तो ख़ैर बहुत ही। उसकी दो ज़ुबानें थीं—दोनों लपलपा रही थीं। मैं अपनी नाक पर उन दोनों ज़ुबानों का लपलपाता गीलापन महसूस कर रहा था।

ग़म जो सताए, सीटी बजाना

काफ़ी देर तक बाल्कनी में खड़े रहने के बाद मैं भीतर से चटाई ले आया और वहीं बैठ गया। चौथी मंज़िल से नीचे देखने पर डर-सा लगता था। मैंने दीवार के सहारे पीठ टिकाई और पैर फैला दिये। वे रेलिंग से टकरा रहे थे। मैंने एक पैर रेलिंग के बाहर निकाल दिया। मुझे पता था, वह गिरेगा नहीं। सिर के ऊपर खिड़की थी, जिसमें से थोड़ी देर पहले घुसी हवा ने मुझे बाहर आने का न्यौता दिया था, पर अब हवा बिलकुल नहीं चल रही थी। उसे पता चल गया था कि मैं बाहर आ गया हूँ। हवाएँ ऐसी ही छलिया होती हैं। इसीलिए तो कहा जाता है कि हवा लग गई है। मैंने बाल्कनी का बल्ब नहीं जलाया था, इसलिए ख़ासा अँधेरा था। मेरी ऊँचाई पीली स्ट्रीट लाइट से ज़्यादा थी, इसलिए वह भी नहीं आ रही थी। नीचे एक पतली-सी गली गुज़र रही थी, जिसे कॉलोनी वाले रोड कहते हैं। हमारी कॉलोनी की किसी भी बिल्डिंग में पार्किंग की जगह नहीं, सो लोग अपनी गाड़ियाँ इसी रोड पर खड़ी करते हैं। मैंने ऊँचाई नापने के लिए अपने मुँह से थूक का गोला निकालकर नीचे फेंका। वह थोड़ी देर तक हवा में लहराता रहा, फिर चप्प से नीचे गिरा। उसके गिरने की आवाज़ आई थी या नहीं, पता नहीं, पर गिरने की उस आवाज़ को मेरे कानों ने किसी शोर की तरह महसूस किया था। धड़ाम।

बाल्कनी में बैठकर मैं थोड़ी देर पहले नींद में हुए वाक़यों के बारे में सोच रहा हूँ, जिसे आम भाषा में सपना कहा जाता है। मैंने अपना एक हाथ हवा में ऊपर उठाया। वह काँप रहा था। मैं उस काँप का भाषा में अनुवाद करना चाहता था, पर कोई सही शब्द नहीं मिल पाया। इसी तरह स्वप्न के दृश्यों का भी शब्दों में अनुवाद के लिए मैं भाषा के रहम का इन्तज़ार कर रहा था। उस सुन्दर-से छोकरे को आए हुए और आकर गए हुए कुछ घंटे हो रहे हैं। उसके बाद मैं नींद का एक सफ़र करके लौट चुका हूँ। मुझे ऑफ़िस की वह शाम बार-बार याद आ रही है, जब मैंने क्रेडिट कार्ड लेने का फ़ैसला किया था। वह बहुत जल्दी में लिया गया फ़ैसला नहीं था। उस पर तीन दिनों तक सोचा था मैंने। शुरू में मुझे उसके नाम से ही डर लगा था, क्रेडिट यानी उधार। मुझे लगता है कि एक बार उधार ले लो, तो फिर कभी चुकाया नहीं जा सकता। आप पैसे भले चुका दें, लेकिन जिससे उधार लिया है, उसके सामने बार-बार जाने का साहस नहीं होता। जब मैं उधार के बारे में सोचता हूँ, तो मुझे मदर इंडिया और सुक्खी लाला याद आते हैं। गोदान का होरी याद आ जाता है। गोदान और गोमूत्र का यही सम्बन्ध है? क्या दोनों के भीतर अपनी आत्मा को क़र्ज़ पर चढ़ा देने का भाव है?

मैंने अपने डर के बारे में बाबा को बताया। उसने कहा कि यहाँ उधार देने वाले की कोई शक्ल नहीं होती। उसके न कोई सींग है, न लम्बे-लम्बे दाँत। फिर उसने अपने पर्स से मुझे चार क्रेडिट कार्ड निकाल कर दिखाए थे। कहा था, आड़े वक़्त में काम ही आते हैं, अगर ढंग से इस्तेमाल किया जाए तो। मैंने बारीकी से उसके फंडे को समझने की कोशिश की थी।

पहली बार आया था, तो वह लड़का सबको फॉर्म देकर गया था और हर टेबल पर आधा-आधा घंटा बैठकर अपने बैंक और फ्री कार्ड की स्कीम के बारे में बताकर गया था। वह किस तरह से बोला था, यह याद नहीं, पर उसने बताया था कि इससे ख़रीदारी करने पर पॉइंट्स मिलते हैं, जो जुड़ते चले जाते हैं। जुड़कर एक बड़ी रक़म में तब्दील हो जाते हैं।

इस तरह यह उधार न होकर कमाई का ज़रिया बन जाता है। उधार लेकर ब्याज़ चुकाने के बजाय हमें पॉइंट्स मिलते थे, जो हमें और अमीर बनाते थे। हमारी टेबलों पर बैठने से पहले वह आधा घंटा एकाउंट्स मैनेजर के पास बैठा था और यह बाद में पता चला कि पूरा दिन ऑफ़िस में हम लोगों के साथ गुज़ारने के एवज़ में उसने एकाउंट्स मैनेजर को गोल्ड कार्ड मुफ़्त दिया था, जिसके लिए सालाना सात सौ रुपये फ़ीस भरनी पड़ती है, जिसके साथ पॉइंट्स कमाने की और भी बड़ी सुविधा थी। बाबा और कुछ लोगों ने उसी दिन फॉर्म भर दिया था। कुछ ने दूसरे दिन। मुझे याद है, मैं फॉर्म भरने वाला आख़िरी व्यक्ति था।

मेरी बिलकुल इच्छा नहीं थी। मैं क्रेडिट कार्ड के बिना बहुत ख़ुश था। एक छोटा-सा परिवार था, जिसके बीच जाकर मैं समय गुज़ारता था। ज़्यादातर चुप रहने के बाद भी कभी-कभी उनके साथ हँस लिया करता था। जब कोई चीज़ उन्हें चाहिए होती थी और मैं ख़रीद पाने में असमर्थ होता था, तो उन्हें समझाने में जितने तर्क देने पड़ते थे, उनमें मेरा मनोरंजन हो जाता था। मैं उस एग्ज़ीक्यूटिव को बार-बार मना कर रहा था। वह दिन-भर में पाँच बार मेरी टेबल पर आया था। हर बार मैं उससे कहता, मुझे नहीं लेना यार। वह कहता, सर सब ले रहे हैं। आप थोड़ी देर सोच लीजिए। वह फिर थोड़ी देर बाद आता और पूछता, क्या सोचा सर? मेरा जवाब वही होता। फिर थोड़ी देर बाद वह इमोशनल हो गया। वह जितने कार्ड बेचेगा, उसे उतना कमीशन मिलेगा। वह कॉलेज में पढ़ाई करता है और साथ ही क्रेडिट कार्ड बेचने का धंधा भी। इस तरह वह अपनी पढ़ाई और परिवार का ख़र्च निकालता है। वह कई बार स्ट्रीट लाइट के नीचे पढ़ता था, क्योंकि बिजली का बिल न भरने के कारण उसके घर की लाइट कट गई थी। फिर उसने यह बताया कि लाइट ऑफ़िस में कितना भ्रष्टाचार है और उसे लाइट दुबारा शुरू करवाने के लिए कितनी मशक़्क़त करनी पड़ी थी। इस तरह से वह जो पैसे कमा रहा है, उससे अपनी दिन-ब-दिन बूढ़ी हो रही माँ की दवाएँ भी लेनी होती हैं।

मैं उसकी आँखों में झाँक रहा था। बार-बार ऐसा लग रहा था कि वह झूठ बोल रहा है। एकबारगी मैंने अविश्वास भी किया, पर जवाब में वह उठकर जाने लगा। मुझे अपनी शक की आदत बुरी लगी। वह इमोशनल हो रहा था और मैं कोतवाली कर रहा था। मैंने उसे प्यार से बिठाया और एक गिलास पानी पिलाया। तब तक वह ऑफ़िस से काफ़ी परिचित हो चुका था और प्यून को ख़ुद ही बोला, बिना दूध वाली चाय के लिए।

मैंने फिर एक तीर छोड़ा, यार, ये तो अमीरों की चाय हुई।

वह बोला, नहीं सर, मुझे दूधवाली चाय की आदत नहीं, और न ही डालनी है। वह इतनी संजीदगी से बोला कि मैं चुप लगा गया। उसके बाद शर्मिंदा होता रहा। उसे किसी तरह सामने से हटाया। वह तीन दिन तक लगातार ऑफ़िस आता रहा। मैं उसके सामने पड़ने से बचता था। वह आता, और सिर पर खड़ा हो जाता। मैं भरसक उसे न देखने का प्रयास करता, पर जब वह हैलो बोलता, तो सिर उठाकर देखना ही पड़ता। फिर बिठाना ही पड़ता। मैंने उसे समझाना चाहा कि मेरी आदतें अच्छी नहीं हैं। अगर जेब में कार्ड जैसी कोई चीज़ पड़ी रही, तो मैं बिना देखे ख़र्च कर दूँगा। इस तरह मैं ख़र्च पर नियंत्रण के मध्य-वर्गीय सिद्धान्त का पालन नहीं कर पाऊँगा।

उसने कहा, फिर तो सर, आप मेरे बैंक के आदर्श ग्राहक साबित हो सकते हैं। मेरा बैंक इस सिद्धान्त को नहीं मानता कि ख़र्चों पर नियंत्रण करना चाहिए। दरअसल, यही लिक्विडिटी का सिद्धान्त है। आप दिल खोलकर ख़र्च करें। हर उस देश की अर्थव्यवस्था मज़बूत है, जहाँ के लोग दिल खोलकर ख़र्च करते हैं। हर वह आदमी अमीर होता है, जो ख़र्च करता है। ख़र्च करना ही हमारे समय का सबसे बड़ा सच है। भले आपके पास पैसे न हों, फिर भी आपको ख़र्च करना चाहिए। इसीलिए हम आपको ख़र्च करने के लिए पैसे देते हैं। आपको बचत करनी है, तो उसके लिए भी ख़र्च करना होगा। रही बात उधार की, तो हर कोई लेता है। क्या एक राष्ट्र उधार नहीं लेता? क्या एक बड़ी कम्पनी बैंक से पैसे

उधार नहीं लेती नया प्लांट डालने के लिए? क्या आपने सुना है कभी कि क़र्ज़ा न चुकाने के कारण किसी राष्ट्र की कुर्की हुई हो? क्या कभी किसी कम्पनी को क़र्ज़ा न चुकाने के एवज़ में नीलाम होते पाया है? नहीं न। उधार और क़र्ज़े की परिभाषा बदल गई सर। हम आपको पैसे उधार नहीं देते, बल्कि आपको एक बेहतर भविष्य, बेहतर जीवन देते हैं। हम आपकी ख़ुशियों में साँझा करते हैं। हम वक़्त पर आपके आँसू पोंछते हैं और पेंसिल से आपके चेहरे पर मुस्कान का निशान बनाते हैं। आप चिन्ता क्यों करते हैं सर? हम हैं ना! ये कार्ड पॉपुलर है क्योंकि आधुनिक अर्थशास्त्र कहता ही यही है कि अपनी जेब से पैसे मत ख़र्च करो, उसे पड़े रहने दो। बाज़ार में ख़र्च करने के लिए बाज़ार से ही पैसे उठाओ। उसी से कमाओ और उसी को चुका दो। बीच में आप मुनाफ़ा कमा लो और उसको अपने पास रखो। इस तरह हम बाज़ार का विस्तार करते हैं, फिर उससे लाभ कमाते हैं।

अर्थशास्त्र पर उसका ज्ञान बहुत अच्छा लगा। मुझे यह भी अच्छा लगा कि आप अपनी जेब के पैसे अपने ही पास रखते हैं। वह तो सुरक्षित है। आप बाज़ार के पैसे बाज़ार में ही घुमाकर कमाई कर लेते हैं। वहीं से मेरी ज़िन्दगी का पिंक पीरियड शुरू हुआ था। मैंने क्रेडिट कार्ड लिया और कुछ ही दिनों बाद पिंक पेपर पढ़ना शुरू कर दिया था। मुझे बाज़ार का फंडा बहुत अच्छा लगा था। सबसे मज़े की बात यह थी कि जेब से थोड़ा-सा निकालना था और ज़्यादा डालना था। आईपीओ, बीपीओ, शेयर्स, इक्विटी, बांड फंड, म्युचुअल फंड जैसे शब्द मुझे तभी सीखने को मिले थे। वरना मैं तो एक बाबू था, एक बड़ी कंस्ट्रक्शन कम्पनी में, जिसका दुनिया-भर में व्यापार फैला था। एक ऐसा बाबू, जो स्टोर में रखी चीज़ें जारी करता हो, नयी चीज़ें मँगाता हो। हमारे लोग उसे स्टोर को-ऑर्डिनेटर कहते थे।

तो मायने यह कि मैं बैंक नहीं गया था कार्ड ख़रीदने। दरअसल, जिस बैंक का वह कार्ड था, मैं वहाँ कभी गया ही नहीं। यह तो वह लड़का था, जो स्ट्रीट लाइट के नीचे पढ़ता था, बूढ़ी माँ की दवा ख़रीदता था,

और जिसे पैसों की सख़्त ज़रूरत थी, और जो झूठ बोलकर, भावुक कहानियाँ सुनाकर और रुला देने वाले विज्ञापन बनाकर सबको कार्ड बेचा करता था, और अगर उसका एक कार्ड मैंने न ख़रीदा होता, तो उस महीने उसका कमीशन थोड़ा कम बनता। और उसने मेहनत तो की ही थी। तीन-चार चक्कर मारे थे। मेरे डॉक्यूमेंट्स को ख़ुद ही कॉपी करवा लाया था। मैंने नहीं माँगा था कोई कार्ड। मैंने नहीं माँगा था कोई उधार। मैंने नहीं कहा था अर्थव्यवस्था से कि मेरी ख़रीदारी की क्षमता को बढ़ाया जाए। मैंने शेयर मार्केट से नहीं कहा था कि मुझे प्रवेश दिया जाए। मैंने बड़ी-बड़ी चमचमाती दुकानों से यह विनती नहीं की थी कि मुझे ये सामान दे दो। ये सब मेरे पास आए थे, मिन्नतें करते हुए। जिस वक़्त आए, उस वक़्त मैं इस बात से फूला रहा कि मैं एक उपभोक्ता हूँ, जिसे अपनी फ़ेहरिस्त में जोड़ना इन सबके लिए बहुत अनिवार्य है।

उल्टे जब मैंने रिश्तों को जोड़ने वाली एक घड़ी माँगी, तो इन दुकानों ने मुझे लिज़लिज़ करता एक केंचुआ दिया था।

और आज वह स्काई शॉप वाला लड़का ये सारी बातें मान ही नहीं रहा। मैंने उसे कितनी बार समझाना चाहा कि मैंने नहीं माँगा था कार्ड, चाहे तो वह वापस ले जाए, पर वह कहता रहा कि सर, आपने यूज़ कर लिया है, तो पैसे तो भरने ही होंगे, वरना एक्शन हो जाएगा। मुझे नहीं पता, वह कैसे एक्शन की बात कर रहा था, पर जिस तरह उसके साथ तीन मुश्टंडे थे, मुझे बार-बार पुरानी ख़बरें याद आ रही हैं, जिनमें बताया गया था कि फलाँ बैंक के गुंडे फलाँ की कार, टीवी, या बाइक उठा ले गए, पीट गए, सिर फोड़ गए या पूरी कॉलोनी के सामने कपड़े उतार ले गए।

मैं ऐसी अर्थव्यवस्था नहीं चाहता था।

उससे पहले तक तो मेरी अर्थव्यवस्था में मात्र इतना था कि हर महीने जितने पैसे आएँ, उनमें से काट-कूटकर कुछ बैंक में ही रहने दिये जाएँ, बाक़ी से घर का ख़र्चा चला लिया जाए। मुझे बचपन से ही यह सिखाया गया था कि कम से कम ख़र्च करने से अर्थव्यवस्था हमेशा मज़बूत रहती है।

मुझे इन लोगों ने बताया कि अर्थव्यवस्था की मज़बूती का राज़ ज़्यादा से ज़्यादा ख़र्च करने में है। उधार लेकर ख़र्च करने में। मैंने दोनों ही तरीक़े अपनाए। जब मुझे सूट करता, मैं ज़्यादा से ज़्यादा ख़र्च कर देता। एक महीने जब मुझसे कुछ ख़र्च नहीं हुआ, तो मैंने कार्ड से कैश निकालकर उनसे म्युचुअल फंड ख़रीद लिया। क्रेडिट कार्ड के पॉइंट्स बनाकर मैं कमाई करना चाहता था। उस वक़्त मैंने एक सपना देखा था—एक बेहतर जीवन का। बाज़ार के पेट में घुसकर बाज़ार का अर्क़ निचोड़ लाने का। उसकी अर्थव्यवस्था से अपनी अर्थव्यवस्था के भाग सँवारने का।

इस वक़्त मैं ख़ुद को एक मुलैट्टो में तब्दील होता देख रहा हूँ। मुलैट्टो यानी अलग-अलग रंगों और नस्लों के मिलन से पैदा हुआ व्यक्ति। मैं ऐसा मुलैट्टो जो अलग-अलग रंगों वाली अर्थव्यवस्था का उत्पाद है। बुल्स और बियर्स की सन्तान। इक्विटी और लिक्विडिटी का पुत्र। प्लास्टिक और लिक्विड का लाल। लोकतंत्र और लोभतंत्र का वंशज। समाजवाद और पूंजीवाद का अंश। धर्म और विज्ञान की औलाद।

मेरा जीनियस वाला माइग्रेन फिर शुरू होने लगा था।

रात काफ़ी हो गई थी। रोड पर कोई आवाजाही नहीं थी। मैंने थूक का एक और गोला नीचे की तरफ़ फेंका, जिसकी आवाज़ मुझ तक नहीं आई। इतना सन्नाटा था, उसमें कहीं खो गई। मैंने होंठों को गोल किया और सीटी बजाने लगा। ग़म जो सताए, सीटी बजाना, पर मसख़रों से दिल ना लगाना।

मेरे पूरे युग के साथ कोई बहुत ख़तरनाक मसख़री चल रही है, जिससे मैं दिल लगा रहा हूँ।

सीटी बजाना छोड़कर मैं उस गीत को गाने लगा।

वह भीतर से बाल्कनी के दरवाज़े पर आ गई।

"यहाँ बैठे हो?"

"हुम्म।"

"तुम इतने अँधेरे में बैठे गाना गा रहे हो?"

"हाँ, अँधेरे का ही गाना गा रहा हूँ।"

वह थोड़ी देर तक यूँ ही खड़ी देखती रही। फिर चटाई पर मेरे किनारे आकर बैठ गई। दीवार से सिर टिकाकर। कन्धा मेरे कन्धों से लगाकर। उसके भीतर से ताप आ रहा था।

हम दोनों धीरे-धीरे अँधेरे में रासायनिक तौर पर घुलनशील बन रहे थे।

समय एक केंचुआ है

ऐसी किसी बात का दोष मैं खाना बनाने वाली को नहीं दे सकता। आप इसी से समझ सकते हैं कि मैं कभी उसे खाना बनाने वाली कहता हूँ, कभी कपड़े धोने वाली। मैं हमेशा सोचता हूँ कि स्त्री हमारे जीवन में कितने अलग-अलग रूपों में रहती है। क्या मैं हर रूप को नाम दे सकता हूँ? इसी कोशिश में मैं अपनी स्त्री को इतने अलग नामों से सम्बोधित करता हूँ। पर सच कहूँ, उसके अनेक रूपों वाली उपस्थिति के आगे नामों का मेरा कोश छोटा पड़ जाता है।

अगर कोई ये सोचे कि वह आग जिसकी चमक की तरफ़ मैं खिंचा चला गया था, जो आग अपनी तपिश से प्यासी भीड़ के होंठ सुखा देती है, जो किताबों को फूँक देती है और शहरों की चमड़ी को झुलसा देती है, उस आग की तरफ़ मुझे भेजने में मेरी स्त्री का हाथ है, तो यह ग़लत ही होगा। हालाँकि इसमें थोड़ा सच भी है। वह चुप रहा करती है। चुपचाप मुझे देखा करती है। मेरे हर काम को। मेरी हर झक को। वह क्यों चुप रहा करती है? मैं हर उस शख़्स से पूछना चाहता हूँ कि वह क्यों चुप था, जब मैं उस आग के अंगारे अपने हाथों में लेकर बाज़ीगर की तरह हवा में उछाल रहा था, कैच कर रहा था। क्यों सब मेरी ही तरह उस आग के बाज़ीगर बने बैठे हैं?

मैं खाना बनाने वाली को कैसे छोड़ दूँ? क्या जो सज़ा मुझे मिल रही है,

उससे खाना बनाने वाली का कोई लेना-देना नहीं? क्या बेटाजी उससे मुक्त हो सकती हैं?

वह शुरू में चुप नहीं रहा करती थी। वह अपने साथ जो कुछ लाई थी, उसमें उसके सपनों की तादाद बहुत ज़्यादा थी। जब घर छोड़ने के बाद हम चटाई पर सोते थे, तो उसके सपने बोलने लग जाते थे। मुर्ग़ों की तरह बाँग देते थे और हम दोनों को जगा देते थे। मैं बहुत चिढ़ा करता था। मुझे ऑफ़िस में अजीबो-ग़रीब सपने देखने वाला बाबा मिला है, तो घर में उससे भी अजीब सपने देखने वाली यह औरत। उसके सपनों ने ही मुझसे कभी बड़ा-सा डबल बेड माँगा, जिसमें काँच लगा हो और जब वह खाना बनाने वाली से प्यार करने वाली में तब्दील हो, तो उस काँच में वह हम दोनों को प्यार करता देख सके। उसके सपनों ने ही कहा था मुझसे कि घर में टीवी ले आओ, ताकि हम नई-नई चीज़ें देखा करें। उसी के सपने बताते हैं अब भी कि किस शो-रूम में क्या सेल लगी है और कहाँ क्या मिल रहा है।

आप सोच सकते हैं कि उस दिन मुझे कितना ग़ुस्सा आया होगा, जब सुबह-सुबह मैं अख़बार में वर्ल्ड ट्रेड सेंटर पर हमले की ख़बर पढ़कर हदसा हुआ था, उस वक़्त खाना बनाने वाली मुझे ताने दे रही थी कि मैं उसके साथ अभी तक बाज़ार नहीं गया, ताकि वह अपने लिए कुछ नया ख़रीद सके। मैं बार-बार यह कहता रहा कि देखो, इस वक़्त मन नहीं कर रहा, कल-परसों चले जाएँगे। इतने लोगों की जान चली जाने के कारण मेरा मन वैसे ही बहुत दुखी है। तो उसका जवाब था कि तुम्हारे पूरे ख़ानदान की आदत है कि दूसरों की ट्रैजेडी पर आँसू बहाओ और अपनों को छोड़ दो। मैं बहुत मन मारकर उसके साथ बाज़ार गया और ले आया सामान, जिसे पहनने के लिए उसने एक दिन का इन्तज़ार करना मुनासिब नहीं समझा, उसी शाम को पहनकर पड़ोस में टहल्ला मार आई। उसी के कहने पर सोने की एक महँगी-सी चेन ली थी मैंने उसकी बहन की शादी के लिए। उसी के लिए मैंने सोने की एक घड़ी ख़रीदी थी,

जो केंचुए में बदल गई थी। उसी के कहने पर हर संडे बाज़ार जाता और साथ में जाने क्या-क्या घर में लाता। मेरे घर में ये जो बाज़ार घुसा पड़ा है, सबको उसी ने न्यौता है।

लेकिन यह तो बहुत मोटी बात है। बारीक बात तो यह है कि एक दिन मैंने उसे कसके झापड़ दिया था। वह टीवी पर सीरियल बहुत देखती थी और उसी के हिसाब से डिमान्ड्स भी करती थी। कई बार उसकी माँगें पूरी करने के लिए मुझे बाबा से एडवांस की अर्ज़ी साइन करवानी पड़ती। एक दिन बाबा ने मना कर दिया। मुझे इतना ग़ुस्सा आया कि मैंने बाबा को एक झापड़ मार दिया। झापड़ मारने के बाद जब बाबा के रोने की आवाज़ आई, तो मुझे पता चला कि झापड़ मैंने बाबा को नहीं, खाना बनाने वाली को मारा था। मैं अपने आप पर हैरान रह गया। मैं अभी एक पल पहले दफ़्तर में बाबा की चिरौरी कर रहा था, और यह पलक झपकते मैं घर कैसे पहुँच गया और जो झापड़ मैंने बाबा को निशाना कर मारा था, वह इस औरत के गाल पर कैसे पड़ गया? मैं उसे कई दिनों तक यह समझाने की कोशिश करता रहा कि मैंने उसे नहीं, दरअसल बाबा को मारा था वो झापड़, पर वह सुने ही नहीं। तब से मुँह फुलाकर जो बैठी कोप भवन में, ऐसे कि ख़ुश करने के लिए मुझे हर हफ़्ते कुछ न कुछ लाकर देना ही होता। ये ऐसी गंदी आदत थी, जिसके लिए मुझे उसे नहीं, अपने आप को दोष देना चाहिए या फिर बाबा को, जो ऐन वक़्त पर मेरे झापड़ के सामने से ग़ायब हो गया?

ऐसी चीज़ें दो-तीन बार हुईं। एक बार उसने मुझसे घड़ी लाने को कहा। मैं लम्बे समय तक अनसुना करता रहा। एक दिन ऐसे ही किसी नाज़ुक मौक़े पर मैं उसे ख़ुश करना चाहता था। टाइटन के शो-रूम में गया। कार्ड मेरी जेब में था। मैंने दो हज़ार रुपये की एक घड़ी पसन्द की। उसे बैग में रखा और हल्लू-हल्लू आ गया। आकर मैंने उसे ख़ूब पप्पियाँ लीं और उसके हाथ में एक डिब्बा रखा—आज बहुत मन हो गया था मेरा, एक घड़ी पसन्द आई है तुम्हारे वास्ते।

डिब्बा खोला, तो उसमें से हैरानी निकली। घड़ी थी ही नहीं। वहाँ एक मोटा-सा केंचुआ रेंग रहा था। केंचुआ कैसे डिब्बे में घुस सकता है? घड़ी कैसे केंचुआ बन सकती है? मैं बुरी तरह परेशान हो गया। उसे कितना बताया कि मैंने घड़ी ही ली थी, मैंने शो-रूम का बिल उसे दिखा दिया, जिसमें बाक़ायदा गारंटी कार्ड था और घड़ी का मॉडल लिखा था और घड़ी को काउंटरबॉय ने मेरे सामने ही डिब्बे में पैक किया था। मैंने टीवी पर बार-बार घड़ी के ज़रिए प्यार और रिश्ते को मज़बूत होते देखा था। एक बहुत मीठी धुन के साथ विज्ञापन आता था, पर उस विज्ञापन में कोई घड़ी केंचुए में तब्दील नहीं होती थी। किसी में वह सोने की चेन में बदल जाती थी, किसी में हथेली पर लिपटी हुई प्रेयसी की तरह नज़र आती थी, किसी में ऐसा लगता था कि सात जन्मों तक का बन्धन सोने के एक धागे से बाँध दिया गया है, पर केंचुआ तो कभी नहीं। मैं उसे अपने साथ ले गया। वह दुकान दिखाई। उस दुकान वाले को कन्विंस किया कि मुझे पहचाने। उसने पहचाना भी। मैंने वह घड़ी भी दिखाई, जिसे मैंने पसन्द किया था। और जब दुकानवाले को यह बात बताई कि घड़ी तो केंचुए में बदल गई, तो वह झन्ना गया। कभी मुझे, कभी खाना बनाने वाली को देखता रहा। फिर खाना बनाने वाली मुझे वहाँ से ले आई। खाना बनाने वाली पर दुकानदार की आँखों का बहुत गहरा असर पड़ा। तब से वह मुझे उसी तरह देखने लगी, जिस नज़र से दुकानदार ने देखा था। वह आज तक मुझे वैसी ही सूखी निगाह से देखती है और यह बिलकुल नहीं मानती कि घड़ी केंचुए में बदल गई। वह बार-बार कहती है कि कोई और है, जिसे मैं वह घड़ी दे आया और उसे चिढ़ाने के लिए मैंने उसमें केंचुआ डाल दिया।

दूसरे दिन जब बाबा को मैंने यह बताया कि मैं जो घड़ी ख़रीदकर लाया था, वह केंचुए में बदल गई है, तो बाबा का चेहरा ही बदल गया। वह दुकानदार बन गया और देर तक मुझे इस तरह देखता रहा, जैसे कल शाम को दुकानदार मुझे देखता रहा था। मैं बार-बार सर, सर, सर, सर कहता रहा,

पर बाबा दुकानदार ने पलकें नहीं झपकाईं। पूरे आधे घंटे तक वह बिना पलकें झपकाए मुझे देखता रहा। पूरे आधे घंटे तक। मुझे मालूम है, आप ये बात नहीं मानेंगे। किसी ने नहीं मानी थी। न बाबा बॉस ने, न ऑफ़िस के दूसरे लोगों ने। जब बाबा ने मेरे लाख कहने पर भी पलकें नहीं झपकाईं, तो मैं केबिन के बाहर से अपने साथियों को बुला ले गया। मैं उनसे भी बार-बार कहता रहा कि देखो, बाबा का चेहरा बाबा का नहीं है, यह उस दुकानदार का है, जो घड़ियों की जगह केंचुए बेचा करता है और वह दुकानदार पिछले आधे घंटे से पलक ही नहीं झपका रहा, तो वे लोग थोड़ी देर तक केबिन में खड़े रहे, फिर बाहर निकल गए। मैं उनके हँसने की आवाज़ सुनता रहा। मेरा तनाव बढ़ता रहा। मुझे बहुत बुरा लग रहा था कि बाबा एक काइयाँ दुकानदार में बदल गया है और लोगों को इस बात पर हँसी आ रही है। मैंने बाबा के चेहरे पर गिलास से पानी फेंक दिया। बाबा अपनी शक्ल में आने लगा। उसको चेहरा बदलने में एक पल लगा था, वापस अपने चेहरे में आने में पाँच मिनट पूरे लग गए।

अपना चेहरा वापस पाने के बाद उसने मुझसे बाहर जाने को कहा। उसके टेबल पर काग़ज़ गीले हो गए थे। मैं बाहर आया, तो एक साथी ने मेरी ओर रुमाल बढ़ा दिया। कहा, पोंछ लो। मैंने देखा, मेरी ठुड्डी से पानी टपक रहा था। मैंने हाथ फिराकर पाया कि मेरा पूरा चेहरा गीला था, आगे से पूरी शर्ट गीली थी और पैंट पर आगे की तरफ़ गीलेपन के शर्मसार कर देने वाले धब्बे थे।

मैं फिर हैरान था, पानी मैंने बाबा पर फेंका था, फिर मेरा चेहरा गीला कैसे हो गया?

कई दिनों के बाद बाबा ने मुझसे कहा था, मुझे लगता है कि घड़ी केंचुए में बदल सकती है। ख़ासकर आज के वक़्त की घड़ी। मैंने तुम्हारी बात पर अध्ययन किया, तो लगा, आज कुछ भी हो सकता है। हमारे साथ जो भी होता है, वह हमारे भूत, भविष्य या वर्तमान के रूप का संकेत ही होता है। हम एक केंचुआ समय में जी रहे हैं। हमारा काम खाना और हगना है।

हम जो खाते हैं, जो हगते हैं, उससे किसी की ज़मीन उपजाऊ होती है। वह उससे गाढ़ी कमाई करता है। हम सब ही केंचुए हैं, जो जाने-अनजाने किसी के लिए ज़मीन उपजाऊ कर रहे हैं।

मुझे बाबा की एक भी बात संपट नहीं पड़ी। हमेशा की तरह। ये भाषण था। किसी की ट्रैजेडी को अपने शब्दों में बेच डालने का हुनर। मेरे समय में यही हो रहा है। बाबा ऐसे ही लोगों का प्रतिनिधि है, जो ख़ुद के स्वप्नों को कीलित करके रखते हैं और दूसरों के यथार्थ को स्वप्न बताकर शास्त्रीयता पेलते हैं।

मैं बाबा को उसी तरह देखता रहा, जैसे उस दिन दुकानदार देख रहा था। मेरा चेहरा बदलकर दुकानदार का चेहरा हो गया था, पर बाबा यह बात क़बूल नहीं कर रहा था।

ऊलजलूल का अनुवाद

तो उस दिन बाल्कनी में अँधेरे में बैठकर अँधेरे का गीत गाने और होंठों को गोल कर सीटी बजाने से पहले जब मैं सोया था, तो ऐसे ही कितने सपने मेरी आँखों में सफ़र कर रहे थे, जिनके बारे में कोई भी पढ़ा-लिखा आदमी सुने, तो मुझे पागल क़रार देने में कोई कोताही न बरते। पर यह हमारे समय का अजीब विरोधाभास है कि यह आदमी को दो स्तरों पर ले जाता है—एक जिसमें हम पागल होकर या न होकर रहते हुए भी न रहने जैसा जीवन जीते हैं और दूसरे हम अपनी आत्महत्या की गुफा में प्रवेश कर जाते हैं और उसे आत्महत्या न साबित करने के लिए विद्वानजन सजीवन समाधि जैसा कोई शब्द गढ़ लेते हैं। ऐसे शब्दों से मुझे लगता है कि सारा खेल भाषा के माध्यम से खेला जा रहा है और मैं जिस भाषा में जीता-खाता हूँ, उसके शब्द छाँट-छाँटकर खेल बनाने वाले अपने शब्दकोश में टाँक रहे हैं। शब्दों को इतना चबा-चबाकर बोल रहे हैं कि ऐसा लगता है, यह कोई पराई भाषा है। वे किसी और भाषा में बोते हैं और मेरी भाषा में काटते हैं। मैं बार-बार यह सोच रहा हूँ कि जिन पन्नों पर क्रेडिट कार्ड के लिए मुझसे दस्तख़त कराए गए थे, वे मेरी भाषा में क्यों नहीं थे, ताकि मैं उन्हें एक निगाह पढ़ने की हिम्मत तो कर पाता?

ऐसे ही कुछ सवाल मेरे उन सपनों में आ रहे थे, जो मैं बैंक का अद्वैत चरित्र दिखाने वाले उन लौंडों के आने के बाद देखकर उठा था।

मैंने जो सपना देखा था, उसमें गोमूत्र की गन्ध थी, हज़ारों गाएँ बँधी थीं, बहुत बड़े-बड़े हाट थे, और एक वीराना था। बता दूँ कि मेरा दिमाग़ इस समय बहुत विचारशील हो रहा है, जैसा कि प्रायश्चित के मौक़ों पर हर किसी का हो जाता है।

मैं उस जगह पता नहीं कैसे पहुँचा था, पर रास्ते में मैं बहुत सारी चीज़ें देखता हुआ आया था। रास्ते के दोनों ओर बहुत सुन्दर लड़कियाँ और लड़के थे और उन्होंने बहुत कम कपड़े पहने थे। उनमें से कई अपनी छाती खोलकर उस पर स्प्रे कर रहे थे। उनसे ख़ुशबू आ रही थी और लड़कियाँ दौड़कर उनकी तरफ़ जा रही थीं। उन लड़कों को मैंने कई बार देखा है। कई को मैं पहचानता भी हूँ। वे दौड़कर मेरे पास आते हैं और कहते हैं कि अगर तुम्हें गोमूत्र की गन्ध से निजात पानी हो, तो ये वाला डियो यूज़ करो। इसकी सिर्फ़ एक ही बोतल बची है। मैं उनसे डियो लेता हूँ। वे मुझसे पैसे नहीं लेते। आगे बढ़ता हूँ। पीछे से मुझे उन सबके हँसने की आवाज़ सुनाई देती है। वे मुझ पर हँस रहे हैं। मैं पलटकर देखता हूँ, उन्होंने झोले से एक और बोतल निकाल ली है और किसी और को रिझा रहे हैं।

उनके आगे एक नदी आती है। नदी पर एक पुल है। वहाँ एक छोटा बच्चा खड़ा है। उसके पीछे उसके माँ-बाप खड़े हैं। बच्चा नदी में कूदना चाहता है। उसके पापा उसे मना कर देते हैं। बच्चा उदास हो जाता है। उससे आगे मैं एक कमरे में पहुँचता हूँ। वहाँ एक कर्मचारी अपने बॉस से लड़ रहा है। वह तैश में उठता है। मुझे लगता है, वह अभी अपने बॉस को कान के नीचे देगा। वह हाथ उठाता भी है, पर रुक जाता है। मुझे उसके सिर के बग़ल एक विंडो में उसकी गर्भवती पत्नी दिखती है, जो उसे रोक रही है। फिर एक कार का शो-रूम आता है, जहाँ वह आदमी कार ख़रीद रहा है। पैसे देने से पहले उसे अपने स्कूल जाते दो छोटे बच्चे दिखते हैं। वे दोनों उसे इतना पैसा ख़र्च करने से मना करते हैं। आदमी उदास हो जाता है। मैं थोड़ा और आगे बढ़ता हूँ। वह पुल और नदी फिर आ जाते हैं।

मैं देखता हूँ, वहाँ एक बूढ़ा खड़ा है, नदी में कूदने की तैयारी करता हुआ। मैं उसे इस आत्महत्या से रोकना चाहता हूँ, पर यह क्या, वह कूद जाता है और छपाक-छपाक पानी का मज़ा लेने लगता है। पुल पर खड़ी उसकी पत्नी ताली बजा रही है। वह उस बच्चे में बदल जाता है, जिसे बचपन में उसके बाप ने पानी में कूदने से रोक दिया था। अचानक मेरे सामने वही बैंक वाला लड़का आता है। मैं घबरा जाता हूँ। वह मुझे हाथ से पकड़ता है और कहता है—बचपन और जवानी में ज़िम्मेदारियों के कारण जो आनंद आप नहीं ले पाए थे, वे हम आपको बुढ़ापे में देंगे। हमारी पेंशन योजना अपनाइए। मैं उससे डर कर भागता हूँ। कहीं उसे मेरी बक़ाया क़िस्तें न याद आ जाएँ। फिर सामने बहुत बड़ा और नीला समंदर आ जाता है। वहाँ एक सुन्दर-सी लड़की, जिसने मिनी पहन रखी है और जिसके घुटने बहुत सेक्सी लग रहे हैं, कहती है कि मैंने आपकी छुट्टियाँ पूरी तरह प्लान कर दी हैं। आप अपनी दस दिन की छुट्टियों में पूरा योरप घूम लेंगे, इतनी रातें यहाँ और उतने दिन वहाँ। आपके पूरे परिवार का ख़र्च होगा सिर्फ़ इतना, जबकि हम आपसे कुछ भी नहीं ले रहे। मैं बुझ जाता हूँ। मेरे पास कम ही छुट्टियाँ हैं, जिन्हें मैं सोकर गुज़ारना चाहता हूँ। इन लोगों ने मेरे ख़ाली समय का शेड्यूल भी बना दिया। इन्हें कहाँ से पता चल गया कि मैं छुट्टियाँ लेने का मन बना रहा हूँ। अचानक ये सब कुछ हट जाता है और सामने एक वीरान जंगल आ जाता है। यह जगह ज़मीन से बहुत ऊँचाई पर लगती है। मुझे ठंड लगने लगी है। यहाँ आसपास कोई नहीं दिख रहा। कोई सेल्समैन नहीं। कोई मार्केट नहीं। कोई घर नहीं। मुझे यहाँ पवित्र शान्ति का अहसास होता है। तभी गले में फूलों की माला डाले, हाथ में एक वीणा और ज्ञानेश्वरी की एक प्रति लिए एक कोमल-सा नौजवान आता है। मैं उसके रूप को देखता रह जाता हूँ। वह बहुत दुखी है। मुझे वहीं ज़मीन पर बैठने का इशारा करता है। वह सामने एक पेड़ की जड़ में बैठ जाता है। मैं उससे पूछता हूँ—आप सन्त ज्ञानेश्वर हो क्या? वह मुस्कराता है।

उसमें से फूलों की शक्ल लेकर कोई दुख झरता है। वह ज्ञानेश्वरी को थपथपाता है। वह कहते हैं—आँखें बन्द करो और ध्यान लगाओ। मैं आँखें बन्द कर लेता हूँ, पर कहाँ ध्यान लगाऊँ, यह समस्या है। मुझे बार-बार उस लड़की की मिनी स्कर्ट और घुटने के ऊपर का हिस्सा दिख रहा है। मैं आँख खोल देता हूँ। उनसे पूछता हूँ—यहाँ अकेले रहते हो? हाँ। यहाँ धरती का कोई नहीं आता। मैं घबरा जाता हूँ। क्या यह धरती नहीं? वह कहते हैं, धरती ही है, पर और कोई नहीं आता। अचानक सामने से सरसराता हुआ एक कुत्ता भागता है। छोटा-सा। मेरे मुँह से बरबस निकलता है—कुत्ता! वह कहते हैं—नहीं, वह कुत्ता नहीं है, मोबाइल का नेटवर्क है। यहाँ हवा, पानी, अन्न और इंसान नहीं आते, लेकिन मोबाइल का नेटवर्क आता है। यही नहीं, वहाँ एक मारुति सर्विस स्टेशन भी है। वह एक तरफ़ को हाथ करके कह रहे थे। मुझे ख़ुशी होती है। सोचता हूँ—कहाँ-कहाँ नहीं पहुँच गए हम। अचानक दाहिनी तरफ़ की पहाड़ी पर मुझे कुछ लोग चलते दिखते हैं। मैं उनसे कहता हूँ—वो हैं तो सही इंसान, देखो। ज्ञानेश्वर उस तरफ़ देखकर कहते हैं, नहीं, वे इंसान नहीं। वे चिरंजीवी हैं। मैं पूछता हूँ कि कौन होते हैं चिरंजीवी?

और यहीं पर ये सपना टूट जाता है।

तब से मुझे हल्का-हल्का बुख़ार है। गोमूत्र की गन्ध फिर मेरी कंखौरियों से निकल रही है। मुँह के भीतर एक उबकाई बस गई है। सिर में दर्द पंजे चुभो रहा है। साँस धौंकनी की तरह चल रही है। मुझे समझ में नहीं आ रहा है कि मेरे साथ क्या हो रहा है। क्यों ऐसी ऊलजलूल चीज़ें मुझे दिख रही हैं। क्या ऊपरवाले की तरफ़ से ये कोई इशारा है? या फिर मैं पागल हो रहा हूँ, बहुत अधिक दबाव ले लेने के कारण? क्या बैंक वाला लड़का कोई टोना करके गया है? क्या है ये सब? क्या मेरा जीवन ऊलजलूल का अनुवाद है?

मैं अपने कमरे में आकर बैठा हूँ और कुछ नहीं सोच रहा हूँ। ये बहुत कुछ सोचने और न सोच पाने के बाद की स्थिति होती है।

खाना बनाने वाली भीतर चली गई है। थोड़ी देर तक वह मेरे कन्धे पर एक दाब बनकर बसी रही, फिर ग़ायब हो गई। अचानक मेरी दाईं तरफ़ की दीवार पर हरकत होती है। एक बिस्तुइया दीवार के सबसे ऊँचे कोने से सबसे नीचे कोने की ओर तिरछा दौड़ रही है। वह चार क़दम दौड़ती, फिर थम जाती। फिर चार क़दम। फिर थम। आगे। थम। आगे। थम। क्या लय है। मैं श्श्श्... की आवाज़ करके उसे भगाना चाहता हूँ। अचानक वह फ़र्श पर कूद पड़ती है और जब तक मैं उचक कर देखूँ, वह एक कॉक्रोच को दबोच लेती है। दौड़ते हुए अगली दीवार पर चढ़ जाती है। कॉक्रोच के पंख उछल रहे होंगे, इतनी दूर से मुझे इतनी बारीकी नहीं दिख पाती। वैसे भी उस दीवार पर अँधेरा है। शिकार को कोई रोशनी में क्यों नहीं खाता? हर शिकारी के पास अपना अँधेरा होता है, वह जिसमें शिकार को ले जाकर मारता है।

कोई शोर नहीं हुआ। बिस्तुइया ने कोई दहाड़ नहीं लगाई। जीत की ख़ुशी में उसने कोई जश्न नहीं मनाया। कॉक्रोच की कोई चीख़ नहीं आई। उसे मौत से पहले अन्तिम इच्छा बताने का मानवीय सुख तक नहीं दिया गया। इस मौत को कहीं दर्ज नहीं किया गया।

मैं देखता हूँ, एक और कॉक्रोच दूसरी दीवार पर टहल रहा है।

गिनीपिग

सू-सू करने के बहाने मैं दो-तीन बार उठ चुका हूँ और केबिन में झाँक आया हूँ। बाबा अभी तक नहीं आया है। मैं बाथरूम में जाता हूँ। पहला बार गया था, तो सचमुच सू-सू कर ली थी। दूसरी बार ज़ोर लगाने पर भी सू-सू नहीं आई। तीसरी बार मैंने कोशिश ही नहीं की। मुझे पता था, नहीं आएगी। मैं आईने में ख़ुद को देखता हूँ। मेरा रंग बदल गया है। मैं कहीं से गोरा और कहीं से काला नज़र आ रहा हूँ, जबकि मेरा वास्तविक रंग साँवला है। मैं मुँह धोता हूँ और रूमाल से रगड़-रगड़कर चेहरे का कालापन पोंछ डालना चाहता हूँ। रूमाल पर कालेपन के निशान आ जाते हैं, लेकिन मेरे चेहरे से कालापन जाता नहीं। इसी समय मेरी तालीम बढ़ाने वाला एक लम्हा प्रकट होता है। उस लम्हे में मेरे मुँह से उद्गार फूटते हैं—रंग राजनीति होता है और समय रजकनीति। जैसे रजक या धोबी कपड़े को उठाकर कब अपना पेटेंट धोबीपाट मारेगा, किसी को पता नहीं चलता। अस्तु।

मैं बाथरूम से बाहर निकलता हूँ और एक बार केबिन में झाँकता हूँ। बाबा अभी तक नहीं आया। वह कई बार लेट आता है। कई बार आता भी नहीं। फिर भी सारा काम होता है। मेरे साथी अक्सर ये चर्चा करते हैं कि जब इसके बिना भी सारे काम चल जाते हैं, तो इसकी ज़रूरत क्यों है? कम्पनी क्यों हर महीने इस पर दो लाख ख़र्च करती है?

एक बार बहुत ही इशारे में ये बात मैंने बाबा को बताई थी। उसका कहना था कि कम्पनी उसे पैसे ही इसलिए देती है कि उसे काम न करना पड़े। जब तक मैं काम नहीं करूँगा, तब तक कम्पनी नफ़े में चलती रहेगी। जिस दिन मुझे काम करने की ज़रूरत पड़ जाएगी, कम्पनी बैठने लगेगी।

मुझे हमेशा की तरह उसकी ये बात भी नहीं समझ आई। मैंने इस बात का मतलब पूछ लिया। उसने सरल करके समझाया—"मेरा काम है सबसे काम करवाना। सबसे अच्छा मैनेजर वही होता है, जो ख़ुद कुछ नहीं करता, हर काम दूसरों से करवाता है। मैं अगर ख़ुद काम करने लगा, तो दूसरे क्या करेंगे? तब मैं उनकी ग़लती कैसे पकड़ूँगा? सिस्टम की ग़लती पकड़ने के लिए सिस्टम से दूर रहना ज़रूरी होता है। ये मैनेजमेंट का सिद्धान्त है।"

"इसका मतलब है कि जो सिस्टम को ठीक करना चाहते हैं, उन्हें कभी सिस्टम का हिस्सा नहीं बनना चाहिए?"

"बिलकुल। उन्हें हमेशा बाहर खड़े होकर देखना चाहिए। वह सिस्टम को ठीक नहीं करता, क्योंकि सिस्टम को वही ठीक करते हैं, जो उसमें शामिल होते हैं। बल्कि बाहर खड़ा आदमी ग़लती पहचान लेता है और बाहर खड़े-खड़े ही भीतर वालों को ग़लती ठीक करने के लिए कहता है। इसीलिए वह लीडर होता है। लीडर मैनेजर।"

"इसीलिए हमारे सारे लीडर भी आम लोगों में इन्वॉल्व नहीं होते? वे अगर इन्वॉल्व हो जाएँगे, तो समाज की ग़लतियों को कैसे पकड़ पाएँगे?"

मैं बहुत छिछला प्रश्न करता हूँ। अब ऐसा हो गया है कि लीडर शब्द सुनते ही उबकाई आती है।

वह हँसने लगता है—"बहुत प्यारा सवाल है। पॉलिटिकल लीडर अलग होता है, मैनेजमेंट का लीडर अलग। हालाँकि दोनों काम एक ही करते हैं, पर देश मैनेजमेंट लीडर्स चलाते हैं, पॉलिटिकल लीडर्स नहीं।"

मुझे उसकी बात में दम लगा। मैंने देखा है, जब से पॉलिटिकल लीडरों पर से लोगों का विश्वास उठा है, तब से मैनेजमेंट के लीडर्स

अचानक फ्रंट में आ गए हैं। अब अख़बारों में पॉलिटिकल डॉक्ट्राइन्स पर कोई लेख नहीं होता, मैनेजमेंट फंडे और पॉलिसीज़ हर जगह होती हैं। हर जगह मैनेजमेंट लीडर्स की मुस्कराती, जोश में बोलती तस्वीरें छपती हैं। उनकी आत्मकथाएँ अब सबसे ज़्यादा बिकती हैं।

"दिस इज एन एज ऑफ़ मैनेजमेंट, यंग मैन! एवरीथिंग इज़ मैनेजमेंट। इवेन द बेकिंग ऑफ़ अ ब्रेड इज़ मैनेजमेंट। वन हैज़ टु मैनेज द टाइम एंड द टेंपरेचर टु बेक अ केक।"

मुझे किसी किताब में पढ़ी एक लाइन याद आ गई—एवरीथिंग इज़ पॉलिटिक्स। इवेन द बेकिंग ऑफ़ अ ब्रेड इज़ नथिंग बट शीयर पॉलिटिक्स।

मैंने बाबा की दाद दी, विश्वास किया और कहा, "सचमुच यह मैनेजरों का समय है।" मेरे मन में सवाल आया। बात को लाइट बनाने के लिए हँसते हुए मैंने कहा, "सर, पर मज़दूरों का समय कब आएगा?"

वह मुस्कराया। "आते-आते चला गया। सब कहते थे कि आएगा, आएगा, पर नहीं आया। हम भी माने बैठे थे कि आएगा, पर वह कभी नहीं आएगा।"

बोलते-बोलते बाबा उदास हुआ था। मुझे उसकी उदासी अच्छी लगी। मुझे लगा, वह मेरे लिए उदास हो रहा है।

हालाँकि वह मेरे लिए कभी उदास नहीं होता। होता, तो उसे पता चल जाता कि मैं यहाँ आज उसका बहुत शिद्दत से इन्तज़ार कर रहा हूँ। वह यूँ ही कहता है—"मेरी और तुम्हारी रूह की मैपिंग एक-सी है। इसीलिए तुम्हें मेरी बात समझ में आ जाती है। इसी कारण मेरी रूह को तुम्हारी रूह से मोहब्बत लगती है।"

और वह होंठों को गोल कर एक चुम्मा फेंकता है। यह बाबा की ख़ास आदत है। जब वह बहुत ख़ुश होता है, तो हवा में चुम्मा फेंकता है। जब नाराज़ होता है, तो बुरी तरह गालियाँ देता है। उसकी गालियाँ और चुम्मे औरतें भी खा चुकी हैं और कुनमुन-कुनमुन करने के बाद भी

बाबा का घंटा नहीं उखाड़ पाई हैं। जब वह औरतों को गाली देता है, ज़्यादातर पीठ पीछे, तो अपने ज़माने का ख़तरनाक वूमैनाइज़र लगता है, जिसे गाली से रिलेट होने वाले सारी दैहिक क्रियाओं की अन्वेषी जानकारियाँ हों।

वह कहता है—"गाली मैं नहीं देता, मेरी देह देती है। चूमता मैं नहीं, मेरी रूह चूमती है।"

यानी गाली देना नितांत भौतिक आवश्यकता है और चूमना रूहानी अहसास का हस्तांतरण।

वह इस बात का भावार्थ मेरे सामने प्रस्तुत करता, जो कि उसके अन्य भावार्थों की ही तरह मूल से भी गूढ़ होता है और एक सरल भाष्यकार की दरकार महसूस करवाता है। हालाँकि मेरी प्रेमिल-सी कन्विंसिंग मुस्कान ऐसा महसूस नहीं होने देती।

कई बार मुझे लगता है कि मैं बाबा के लिए गिनीपिग हूँ, क्योंकि वह अपने सारे तजुर्बों को मुझे सुनाते हुए मुझ पर तजुर्बा करता रहता है। मुझे नहीं पता, इससे क्या हासिल होगा उसे? या ऐसा सोचना सिर्फ़ मेरे रुग्ण दिमाग़ की एक और उपज हो?

इस समय जितने भी लोग मेरे आसपास बैठे हैं, मुझे देख भी रहे हैं, क्योंकि इन्तज़ार की व्यग्रता मुझ पर तारी है। एक बुज़ुर्ग सज्जन जिन्हें हमेशा यह दुख रहता है कि वह पिछले कई वर्षों से इसी पद और वेतनमान पर हैं, मुझसे एक बार पूछ भी चुके हैं कि क्या सब कुछ ठीक है? और मेरे हाँ के जवाब पर कह चुके हैं, अतिमूत्र भी एक रोग होता है। वह औरत जिसकी उभरी हुई छातियों पर पहरेदार की तरह एक मंगलसूत्र टंगा हुआ है, कई बार मुस्करा चुकी है। और वह औरत जिसकी छाती सपाट है सपाट चेहरे से ही कुछ ज़्यादा ही टाप रही है आज।

मैं सबसे नज़रें बचाकर कभी मेज़ पर रखे काग़ज़ों में खो जाता हूँ, तो कभी सिर के ठीक ऊपर टँगे पंखे की गतिमान घूम में।

सामने से डोलता-डोलता बाबा आ रहा है, सीधे केबिन में घुस जाता है। फिर वहाँ से निकलकर हॉल में बैठे हर आदमी से हाथ मिलाता है, हर औरत को विश करता है। यह लीडरशिप वाला मैनेजमेंट है, जो कि हर आदमी तक अपनी पहल पर पहुँचता है। मुझसे भी हाथ मिलाता है और थोड़ी देर बाद आना कहकर वापस केबिन में चला जाता है। वह कहता है—"जब मैं लोगों से हाथ मिला रहा होता हूँ, तो मेरी निर्वाक देह हर एक को यथोचित गालियों से नवाज़ रही होती है।" उसके बाद वह एक ठहाका मारता है। उसके ठहाकों से मुझे चक्कर आता है।

मैं हाथ में कुछ बेकार की फाइलें दबा उसके केबिन में जाता हूँ। वह अपनी मर्ज़ी के हिसाब से मेरा स्वागत करता है। मैं उसे अपने साथ घटे वाक़ये बताता हूँ। सबसे पहले मैं उन सपनों के बारे में बताता हूँ, जिन्होंने मुझे परेशान कर दिया। वह बहुत ध्यान से सुनता है। और फिर उतने ही ध्यान से अनसुना कर जाता है। मैं कहता हूँ, "सर, आपको गांधी ने परेशान कर दिया था, मुझे ज्ञानेश्वर ने कर दिया। उसके साथ कुछ लोग भी थे। सबका नाम चिरंजीवी था। वे सब एक ही नाम से पुकारे जाते थे शायद। पर उसके आगे कुछ नहीं दिखा।"

वह कुछ नहीं बोलता। उसकी चुप्पी मुझे अखरने लगती है। जब उसे सपने आते थे, तो मैं उसे ढांढ़स देता था। वह सुनता है और चुप रह जाता है। मुझे लगता है, उसकी चुप्पी कोई जवाब है।

उसके बाद वह कुछ फ़र्ज़ी फाइलों को देखने लग जाता है। मैं उसे अपने पूर्वज के रूप में देखता हूँ। वह है भी। उसका कोई रिस्पॉन्स न देखकर मैं उसे क्रेडिट कार्ड वाले वाक़ये के बारे में बताता हूँ। वह फिर चुपचाप सुन रहा है। उसके चेहरे पर चिन्ता की लकीरें आती हैं। मैं कहना चाहता हूँ कि मैं बुरी तरह फँस गया हूँ। वह अपना कंप्यूटर चालू करता है और कहता है, "देखो छन्नूलाल मिश्रा की एक नई ठुमरी आई है। इसे सुनो।"

मैं चुपचाप उस ठुमरी को सुनता हूँ। उसके बीच में ही बाबा कहता है—"ज़िन्दगी भर भरना पड़ेगा तुम्हें।"

"क्या?"

"क़िस्तें, और क्या? कभी ख़त्म नहीं होंगी। एक ही तरीक़ा है, जितना भी पैसा है, एक साथ जमा कर दो और मुक्ति पा लो। क़िस्त जमा करते-करते तो पूरी उम्र निकल जाएगी।

....

"हाँ, वे लोग क़िस्तें बनाते ही इस तरह हैं कि आप सौ रुपये भरोगे, तो उसमें से अस्सी रुपये ब्याज़ होगा और बीस मूल से कटौती। तो आप मूल कभी पूरा कर ही नहीं पाएँगे और समय के साथ ब्याज़ बढ़ता ही जाएगा। क़िस्तों की संख्या भी बढ़ती जाएगी।

....

"क्रेडिट कार्ड का सिस्टम ही यही है कि आप जितना चाहें, ख़र्च करें, लेकिन जो चालीस-पचास दिन की ब्याज़ रहित लिमिट है, उसी में पूरा भर भी दें, क्योंकि अगर एक बार आपकी री-पेमेंट की क़िस्त शुरू हो गई, तो आप मकडज़ाल में फँस गए।

....

"मैंने कितनी बार समझाया है तुम्हें, अपने तजुर्बों से कि अर्थव्यवस्था का नियम ही यही है कि अगर आपकी जेब में पैसा है, तो ही क़र्ज़ लीजिए आप। जेब में सौ रुपये हैं, तो डेढ़ सौ का क़र्ज़ लीजिए। अगर जेब ख़ाली है, तो कभी मत लीजिए। और कोई भी बैंक, साहूकार या कोई भी, उसे क़र्ज़ नहीं देता, जिसकी जेब ख़ाली हो।"

"पर सर, अगर जेब में पैसा हो, तो क़र्ज़ लेने की ज़रूरत ही क्या?"

"तुम नहीं समझोगे। ठसबुद्धि हो।"

बाबा मेरे प्रतिप्रश्न से तप गया था। या हो सकता है कि उसके पास इसका कोई जवाब ही न हो, इसीलिए तप गया।

"सर, न तो मैं एक साथ पूरा चुकाने की स्थिति में हूँ और न ही उनकी क़िस्तें। जुर्माना वग़ैरह मिलाकर वे तीस हज़ार तो अभी माँग रहे हैं। पता नहीं, कितने महीनों का बक़ाया है।"

"बहुत ज़्यादा माँग रहे हैं। उनसे बातचीत करके कम कराने की कोशिश करो।"

"नहीं मानते वो।"

"कोशिश करो, मान जाएँगे। पाँच-सात हज़ार कम कर देंगे।"

"पर मेरे पास उतने भी नहीं हैं?"

"क्या बात कर रहे हो? कितना समय हो गया तुम्हें नौकरी करते हुए? इतने भी नहीं रखे हैं तुमने अपने पास?"

"सर, सच कह रहा हूँ। बहुत कोशिश की है मैंने बचाने की, पर मुझे उतने पैसे कभी नहीं मिले, कि बचाने में सफल हो जाऊँ।"

"बात तो सही कह रहे हो, जिनको पचास हज़ार मिलते हैं, बचा तो वे भी नहीं पा रहे। क़िस्तों ने सबको परेशान कर रखा है।"

बाबा केबिन की सफ़ेद छत को देखने लगा। उसे लगा, वह कोई शून्य है, जिसमें उसकी ख़ाली आँखें कुछ खोज रही हैं। शायद अर्थव्यवस्था को मज़बूत करने वाला कोई नया अंक, जो अब तक किसी की पकड़ में न आया हो।

"तुम एक काम करो, जाकर अकाउंट्स से एडवांस ले लो।"

"सुबह आकर मैंने एकाउंट्स मैनेजर से बात की थी, उसने पूरा लेजर दिखा दिया मुझे। चालीस हज़ार रुपये तो मेरे वहाँ ही खड़े हैं। कह रहा था, एचआर पॉलिसी के हिसाब से बेसिक का तीन गुना ज़्यादा ही एडवांस मिल सकता है और मेरा पहले ही साढ़े चार गुना ज़्यादा हो गया है।"

"पॉलिसी से ज़्यादा कैसे हो गया?"

"आपने ही तो रिकमेंड किया था पिछली बार, स्पेशल केस मानकर।"

"तो अभी भी कर देता हूँ।"

"मैंने पूछा उससे, बोला, स्पेशल केस की भी लिमिट क्रॉस हो चुकी है मेरी।"

"तो इतना एडवांस तुम लेते क्यों हो? लिमिट में नहीं चल सकते।"

"क्या करूँ सर? पिछली बार जो लिया था, वह बीवी के ऑपरेशन के लिए था। उसके सीजेरियन में पस भर गया था। उससे पहले बेटाजी का एडमिशन कराना था। हमेशा कुछ न कुछ प्रॉब्लम आई, तभी लिया न।"

अब मैं इरिटेट हो रहा था। मुझे अपना इतिहास खोलना कभी अच्छा नहीं लगता। और बाबा को इतिहास में बहुत दिलचस्पी होती है।

"ऑफ़िस में भी क़िस्तें कट रही हैं उन एडवांस की। अभी-अभी बाइक की क़िस्त पूरी हुई है, पिछले ही महीने। कंप्यूटर की क़िस्त भी सैलरी से ही कटती है। म्यूज़िक सिस्टम और उस घर वाले लोन की क़िस्तें भी। आपको बताया था न मैंने कि लोन लेकर मैंने गाँव में घर बनवाया है, ताकि माँ-बाप रह सकें वहाँ पर। इन सारी क़िस्तों के बाद कहाँ बचता है पैसा, इसीलिए तो कार्ड की क़िस्त नहीं भर पाया। वरना पहले भरता था न मैं। हर महीने। फिक्स। आठ तारीख़।"

बाबा चुप हो गया।

"इन्फ्लेशन बहुत बढ़ गया है। सारे रिकॉर्ड्स टूट गए।"

बाबा उसाँस भरते हुए बोलता है। सामने अख़बार बिछा हुआ आज का। मैंने अभी तक नहीं देखा था। महँगाई ने पिछले चालीस महीनों का आँकड़ा पार कर लिया था। सरकार के नाकाम होने की सुर्खी थी। मुद्रा स्फीति ने महँगाई को सातवें आसमान पर पहुँचा दिया था। मार्केट में कैशफ्लो रुक गया था। उधार और वादे के धंधे ने बाज़ार को सुखा दिया था। ये सारी छोटी-छोटी हेडिंग्स में लिखा था। उसके नीचे एक इलेक्ट्रॉनिक्स कम्पनी का ऐड था, जो मोबाइल से लेकर ओवन तक बेचती है। वह हर चीज़ पर ज़ीरो परसेंट पर लोन दे रही थी। उसके विज्ञापन में एक ख़ुश परिवार था, बैकग्राउंड में ख़ुशी की चमक दिखाने वाले सितारे थे और उल्लास का प्रतीक माना जाने वाला रंग नीला था।

नील, सितारे, ख़ुशियाँ सब बेमानी लग रही थीं।

बाबा अभी तक छत पर एक नया अंक खोज रहा था।

मैंने बहुत हिम्मत करके कहा, "सर, आपके पास कुछ हों, तो हेल्प कर दें आज। धीरे-धीरे वापस हो जाएगा।"

ऐसा कहते हुए मैं बहुत शर्मिंदा हुआ था। पैंट के भीतर मेरे पैर काँपे थे। हथेलियों से पानी रिसा था और धड़कन ने हल्ला कर दिया था।

बाबा को अभी तक नया अंक नहीं मिला था।

मैं उसे खोज में डूबा देखता रहा। वे लाइनें दुबारा मेरे मुँह से नहीं निकल पा रही थीं। अगर कोई मुझे फिर उन लाइनों को उसी तरह बोलने को कहे, तो मुझसे कभी न हो पाए।

"यार, दिक़्क़त यही है कि मैं भी ख़ाली हूँ। मेरे पास भी कुछ नहीं है।"

मेरा मुँह खुला का खुला रह गया।

"मुश्किल से पाँच-सात हज़ार रुपये पड़े हैं एकाउंट में। वरना ज़रा भी कैश नहीं।"

मैं कभी सपने में भी यह बात नहीं सोच सकता कि बाबा मुझसे इस तरह झूठ बोल जाएगा।

"तुम्हें लग रहा होगा कि मैं झूठ बोल रहा हूँ, पर है ऐसा ही। मैंने कहा न, क़िस्तों ने सबको परेशान कर रखा है।"

बाबा चुप हो गया। मुझे वह सदी का सबसे बड़ा झूठा लग रहा है। इतने समय का साथ है, ऑफ़िस में सबसे अच्छा रिश्ता इसका मेरे ही साथ है। मैं इसके साथ क़दम-क़दम पर खड़ा रहा। जब इसने मुझसे ग़लत काम करवाए, किसी की जासूसी कराई, किसी की चुग़ली कराई, किसी के ख़िलाफ़ झूठा लेटर लिखवाया, तब भी कभी मैंने इसे मना नहीं किया। इसके साथ-साथ लगे रहने के कारण स्टाफ के बाक़ी लोग मुझसे कट गए। कोई सीधे मुँह बात नहीं करता। मेरे सामने सब अपनी ज़ुबान बन्द रखते हैं। हर किसी को लगता है कि उसकी शिकायत मैंने ही की है, उसकी जासूसी कर रहा हूँ, इसलिए हर कोई मुझसे दूर रहता है। इसके सबसे बड़े राइवल डिप्टी जीएम को मेरी ही शिकायत पर ट्रांसफर झेलना पड़ा। इतना सब कुछ किया मैंने इसके लिए, और आज यह दिन दिखा रहा है यह मुझे।

मेरा मन बुरी तरह खट्टा हो गया। मुझे लगा, मैं अभी खड़ा होकर इसे एक चमाट रख दूँ। अरे, बैठे-बैठे ही रख दूँ। तभी मेरे सिर के पास हवा में एक विंडो खुलती है। उसमें से मेरी बीवी और बेटाजी का चेहरा झाँकता है। मुझे ऐसा करने से मना करता है। ठीक कल रात के सपने की तरह। ठीक उस विज्ञापन की तरह, जो टीवी पर दिखता है।

अचानक बाबा के होंठ काँपे। उसकी आँखें डबडबा गईं।

"बोला, यार मैं कह रहा हूँ न, क़िस्तों ने सबको परेशान कर रखा है। जो कुछ भी दिख रहा है, गाड़ी, बंगला, पोजीशन, सब उधार पर है। लोन पर। हम दोनों मे कोई फ़र्क़ नहीं। तुमने चार लाख का लोन लेकर घर बनवाया था, मैंने चालीस लाख का लेकर। जिस उम्र में मैं हूँ, वहाँ यह लोन मेरे रिटायर होने के बाद भी पूरा नहीं होगा। तुमसे ज़्यादा क़िस्तें भरता हूँ।"

मुझे बाबा बहुत सच्चा लगा। उसके सकुचाते हुए आँसू बड़े असली थे।

"तो हर महीने ये लाख रुपये भी कम पड़ जाते हैं। महीने के अन्त में मुझे वैसे ही सोचना होता है अपने बारे में, जैसा मैं तब सोचा करता था, जब दस हज़ार रुपये पाता था। मेरे पास कैश नहीं है।"

केबिन में भयंकर चुप्पी छा गई थी। छन्नूलाल मिश्रा बजकर रुक गए थे। उन्हें भी बाबा की बातों से शॉक लगा होगा, जो गा नहीं पा रहे थे।

पर मुझे बाबा से ऐसी उम्मीद न थी। यह अर्थव्यवस्था का एक मटमैला सच था, जिस पर बाबा रेशमी चद्दर डाले बैठा था और चद्दर के हटने के बाद भी मेरी नीयत नहीं हो रही थी यक़ीन की।

अचानक बाबा थोड़ी ऊँची आवाज़ में बोला—"मार्केट में कैश कहाँ है भाई? पूरा फ्लो रुका हुआ है। देख लो, कैसा ख़तरनाक इन्फ्लेशन आया है। सुनामी जैसा। मानो इसे। किसी के पास कैश नहीं है।"

बोलते-बोलते बाबा की टहलती हुई नज़र मेरी आँखों में घुस गई। मेरी आँखों में पता नहीं, पहले से क्या पड़ा हुआ था। दो गिनीपिग आमने-सामने बैठे थे।

बाबा को मैंने पहली बार नज़रें झुकाते हुए देखा। शायद कोई शर्म थी, जो उसके चेहरे पर अरसे बाद लौटी थी।

कुछ देर तक झुकी रही नज़रें उसके बाद बेक़रारी में इधर-उधर नाचने लगीं। वह मुझे जाने का इशारा कर रहा था।

तड़ाक्।

कुछ टूटने की आवाज़ आई, पर बाबा ने मेरी तरफ़ नहीं देखा। मैंने भी उसकी तरफ़ नहीं देखा।

उसकी रूह ने मुझसे पूछा—"कैसी आवाज़ थी?"

मेरी रूह ने उससे पूछा—"क्या सच में कोई आवाज़ ही थी?"

स्टेशन नरसंहार

मैं अपनी मेज़ पर सिर झुकाए बैठा हूँ और बाबा की बातों के बारे में सोच रहा हूँ। इस समय फिर मेरे मन में अद्वैत की बातें आ रही हैं। संसार में दो वर्ग हैं—काम कराने वाले और काम करने वाले। काम कराने वालों के पास पैसा है, काम करने वालों के पास नहीं है। ऐसा मैं सोचता आ रहा था। पर यह ग़लत लगता है मुझे। यहीं पर आकर मुझे अद्वैत बहुत सही लगता है। सब एक हैं। बाबा और मैं दोनों ही एक हैं। दोनों की स्थिति एक है, नियति एक है। जो दिखता है, वह सच नहीं होता। जो नहीं दिखता, वो भी सच कहाँ होता है? हालाँकि जो दिखता है, और जो नहीं दिखता, वे भी एक ही होते हैं। लक्ष्मी और अलक्ष्मी दोनों ही एक हैं। ब्रह्म और जीव की तरह। यह जगत मिथ्या है। कागद की पुड़िया है। भ्रम है। सत्य सिर्फ़ ब्रह्म है। ब्रह्म भी भ्रम है। ईश्वर। परमात्मा। जीवात्मा भी वही है। सत्य और भ्रम दोनों एक ही हैं। जो पानी है, वही बर्फ़ है। जो बर्फ़ है, वही तो पानी है। जो शिकार है, वही शिकारी है। जो शिकारी है, वही तो शिकार है। अहं ब्रह्मास्मि। अहं भ्रमास्मि। दोनों का उच्चारण भी लगभग एक-सा है। देख लो।

उफ़, ये गोमूत्र की गन्ध फिर निकली मेरे भीतर से! इसका सम्बन्ध कहीं अद्वैत से तो नहीं। ब्रह्म से? या भ्रम से? मुझे फिर उबकाई आने लगी। यह गोमूत्र जितना पुराना होता जाता है, उतनी ज़्यादा बास मारने लगता है।

कब से यह मेरे शरीर के पीछे पड़ा हुआ है। मैं दौड़कर बाथरूम में जाता हूँ और शर्ट उतार देता हूँ। फिर हथेली में पानी लेकर अपनी कँखौरी को धोने लगता हूँ। जितना पानी लगता है, बास उतनी ज़्यादा आने लगती है। ऐसा लगता है, मेरी नाक को चेहरे से हटाकर कँखौरी के पास चिपका दिया गया है। मैं गन्ध से बेसाख़्ता तड़पने लगता हूँ।

जब मैं बाथरूम से बाहर निकला, तब तक मैं गन्ध से निजात पाने की कोशिश में बुरी तरह पस्त हो चुका था। मैं वापस अपनी कुर्सी पर बैठता हूँ और सारे लोगों को मेरी ही ओर देखते महसूस करता हूँ। मैं केन्द्र में हूँ। लगातार हाशिए पर पड़ा रहने वाला आदमी केन्द्र में है। या तो हाशिया उठकर केन्द्र में आ गया है, या फिर केन्द्र अपनी जगह छोड़कर हाशिए पर रहने चला गया है। देखा जाए, तो हाशिया और केन्द्र दोनों ही एक हैं। यही अद्वैत है।

इसकी माँ की आँख। बस कर यार। बस कर ये अद्वैत-फद्वैत। भैनचो...

सारे लोग मेरी तरफ़ देखने लग गए हैं। मैं सुपरकेन्द्र हूँ। सब उठकर मेरे पास आ गए हैं। बाबा भी केबिन से भागता हुआ निकला है।

"क्या हो गया? क्या हो गया?"

कोई जवाब नहीं दे रहा।

बाबा मुझसे पूछ रहा है—"क्या हो गया?"

"कुछ तो नहीं।"

"फिर? इतना ज़ोर-से चीख़े क्यों तुम?"

"मैं कब चीख़ा? मैं तो चुप हूँ बिलकुल।"

"तुम ज़ोर-ज़ोर से गालियाँ दे रहे थे?"

"नहीं तो। मेरी तो देह भी गाली नहीं देती कभी।"

मैं आसपास जुटे लोगों की तरफ़ देखकर कह रहा हूँ। मैं चाहता हूँ कि वे बताएँ, मैंने कोई चीख़ नहीं मारी। मेरे मुँह से कोई शब्द तक नहीं निकला है इतनी देर में। पर वे सब लोग चुप थे। उनमें से कुछ मेरी ओर देख रहे थे, कुछ बाबा की ओर।

"कम ऑन। गेट अप। टेक योर स्टफ। कम ऑन। गेट अप। मूव टू योर प्लेस। इसी टाइम। मूव।"

मैं अपलक बाबा को देख रहा हूँ।

"गेट अप मैन। मूव मतलब मूव। गो एंड टेक अ कंप्लीट रेस्ट। एंड गेट अ डॉक्टर! किसी को भेजूँ क्या साथ में?"

"मैं ठीक हूँ सर। कुछ नहीं हुआ है मुझे।"

"नहीं, तुम ठीक नहीं हो। उठो, घर जाओ, आराम करो। ठीक महसूस करना, तो सुबह आना। वरना आराम करना। यहाँ काम होता रहेगा। इसकी चिन्ता मत करना। ख़ुद पर ध्यान दो पहले।"

बाबा ने एक-एक शब्द बहुत इत्मीनान से, चबा-चबाकर कहा। बहुत लाड़ में। जैसे डब फ़िल्मों में वॉइसओवर होता है।

मैंने अपना बैग कन्धे से टाँगा। और हल्लू-हल्लू वहाँ से चल दिया। इस तरह चलने से मैं बहुत अपमानित महसूस कर रहा हूँ।

क्यों कर रहा है बाबा ऐसा? क्यों मुझे ऑफ़िस से निकाल रहा है? वह कह रहा है, मैं चीख़ा था, गाली दे रहा था। कब दी मैंने गाली? नहीं, मैंने तो कोई गाली नहीं दी। अगर दी होती, तो दूसरे लोग भी यह बात कहते? बाबा मनगढ़ंत कहता है। वैसा ही करता है। मैं भला बीच दफ़्तर क्यों देने लगा गाली? बाबा नहीं जानता क्या, इतना असभ्य तो कभी नहीं रहा मैं। जिससे मैं बुरी तरह चिढ़ा, उसे भी कभी मुँह खोलकर गाली नहीं दी। मन ही मन दी। वह भी बीच हॉल कभी नहीं। अगर कभी किसी के लिए गाली मन में आती भी, तो मैं उसे मन ही मन गाली देने के लिए उठकर बाथरूम में चला जाता। ताकि ग़लती से भी किसी को मेरे मन का पता न चले।

मैं चुपचाप स्टेशन पहुँचता हूँ। वहाँ भयानक भीड़ है। जैसे सारी दुनिया के लोग घर-बार छोड़कर स्टेशन पर रहने आ गए हों। मैं भीड़ के बीच खड़ा हूँ और यह सोच रहा हूँ कि मुझे यह ट्रेन छोड़ देनी चाहिए। इसमें मुझे चक्कर आ जाएगा और मेरी कंखौरियों से निकल रही बू के

कारण हो सकता है कि लोग मुझे बुरी तरह अपमानित भी कर दें। ट्रेन आती है और मैं ख़ुद को उसके भीतर पाता हूँ। पता नहीं, मुझे किन लोगों ने ढकेला था, पर मैं ट्रेन के भीतर हूँ। उसकी सीटों के बीच कई दूसरों के साथ खड़ा। यहाँ से वहाँ तक लोग, लोग, मार तमाम लोग। मैं देखता हूँ कि जो लोग बैठे हैं, वे मुझे बहुत टेढ़ी नज़र से देख रहे हैं। मैं ट्रेन के झटके से एक ओर को झुकता हूँ। वे लोग मुझे अपने ऊपर झुकता देख चौंक जाते हैं। उनमें से एक डरकर बिलकुल पीछे हो गया है। मुझे बहुत आश्चर्य होता है—*इस स्वाधीन देश में लोग एक स्वाधीन व्यक्ति को देख किस क़दर चौंक जाते हैं।* मैं मुस्कराकर उसे सहज करने की कोशिश करता हूँ। वह इतना चौंका हुआ है कि उठकर अपनी जगह मुझे बिठा देता है।

मैं अपने आसपास चौंके हुए लोगों से बात करने लगता हूँ। उनसे पूछता हूँ कि क्या वे लोग भी क़िस्तों से परेशान हैं? क्या उन्होंने भी क़र्ज़े लिए थे? क्या वे भी क़र्ज़ चुकाने में हलाकान हो रहे हैं? क्या उन्हें भी आज के बैंक वैसे ही लगते हैं, जैसे सत्तर साल पहले के गाँवों के साहूकार? क्या वे आज भी अपने गली, मोहल्ले, आँगन, गाँव के साहूकारों के आगे मियाद बढ़ाने के लिए गिड़गिड़ाते हैं? क्या उनका भी मन करता है कि सल्फ़ास खा लिया जाए? क्या उनका भी मन करता है कि जब बीवी और बच्चे सो रहे हों, तो पंखे से एक फंदा टाँगकर झूल जाया जाए?

वे सब मुझे हाँ में जवाब देते हैं। फिर उनमें से कोई कहता है—जब बचपन से यह सिखाया जाता है कि क़र्ज़ नहीं लेना चाहिए, तो क्यों ले लिया तुमने?

मैंने जानकर नहीं लिया। न ही मैं माँगने गया था। मैं तो यह सोचकर बैठा था कि मुझे क़र्ज़ नहीं लेना। जैसे कि मैं यह सोचे हुए था कि मुझे इस ट्रेन में नहीं जाना। मुझे नहीं पता, किन लोगों ने ठेल कर मुझे चढ़ा दिया। मैं तो बस भीड़ में खड़ा था। उसी तरह मुझे नहीं पता कि किसने मेरे सिर पर इतना क़र्ज़ डाल दिया है। सच बताना, क्या आपने नहीं सोचा था

कि इस ट्रेन में नहीं जाना? क्या आपने अगली ट्रेन का इन्तज़ार करने के बारे में एक बार भी नहीं सोचा था? क्या आपको महसूस हुआ कि कैसे चढ़ गए, किसने चढ़ा दिया आपको इस ट्रेन में?

सारे लोग चुप थे। उनके पास कोई जवाब नहीं था।

हम सब एक ही ट्रेन में सवार हैं। यह ट्रेन हम सबको एक ही जगह ले जाएगी, जबकि वहाँ हम जाना नहीं चाहते। आपको नहीं लगता कि हमें एक साज़िश के तहत इस ट्रेन में जबरन कोंड दिया गया है?

वे सब हाँ कहते हैं। मैं उन्हें और भी बहुत सारी बातें बताता हूँ। उन साज़िशों के बारे में, जो अर्थव्यवस्था के नाम पर हमारे साथ की जा रही हैं, जिनके बारे में मुझे तालीम के कुछ ख़ास लम्हों में जानकारी मिलती है, जब मुझे थोड़ी देर के लिए सब कुछ साफ़ दिखने लगता है।

वे मुझसे पूछते हैं—"तो आप ही बताइए, हमें क्या करना चाहिए?"

"लड़ना चाहिए। अपने हक़ के लिए। हमें इस सरकार का गला पकड़ लेना चाहिए और टेबल पर घूँसा मारते हुए चीख़ते हुए यह कहना चाहिए—साड्डा हक्क़, यहाँ पे रक्ख।"

पूरे डिब्बे में तालियाँ बजने लगती हैं। ज़ोर-ज़ोर से नारे लगने लगते हैं। मैं ख़ुद को केन्द्र में महसूस कर रहा हूँ। फिर। मैं इस सरकार को, इस खोखली और ख़ून चूसने वाली अर्थव्यवस्था को, इन सारी नेशनल-मल्टीनेशनल्स को, उनकी औक़ात बताकर रख दूँगा। उनका सारा मैनेजमेंट, उनकी सारी लीडरशिप, उनके सारे फंडे उल्टा करके उनके पिछवाड़े डाल दूँगा।

कुछ होगा, कुछ न कुछ होगा, अगर मैं बोलूँगा। सत्ता का तिलिस्म न टूटे, भले न टूटे, कम से कम मेरे अन्दर एक कायर तो टूटेगा। टूट मेरे मन, टूट एक बार सही तरह। अच्छी तरह टूट। मत झूठमूठ। ऊब मत। रूठ मत। डूब मत। सिर्फ़ टूट।

मेरा चेहरा काँप रहा है।

"बताओ न, हमें करना क्या है?"

"हम इसी स्टेशन पर उतरेंगे और चक्का जाम कर देंगे। हम पूरे शहर को रोक देंगे। उन्हें हमसे बात करने के लिए आना ही होगा।"

हो-हो-हो करते हुए पूरा डिब्बा जोश में आ गया है। मैं महसूस कर रहा हूँ, सबकी नसों में एक जोश को भरते हुए। जो ख़ून है, वही आग है। जो आवाज़ है, वही घंटनाद है।

सारे लोग अगले स्टेशन पर उतर जाते हैं। स्टेशन के बाहर एक गोल घेरा करके खड़े हो जाते हैं। वे तीन हज़ार से ज़्यादा लोग हैं। पूरी ट्रेन है। ट्रेन प्लेटफॉर्म पर खड़ी है। उसके आगे हमारे लोगों ने पत्थर अड़ा दिये हैं। ड्राइवर और गार्ड को खींच कर मारा जाता है। दोनों रोने लगते हैं और कहते हैं—"हम भी आपके साथ हैं। हम भी इस अर्थव्यवस्था से परेशान हैं, जो पल में हमारी आँखों के सपनों को फोड़ डालती है।"

हम बहुत लाउड हैं इस समय। पर मैं हैरान हूँ। हमें चारों ओर से मिलिट्री घेरे खड़ी है। उसके बीच में पुलिस है। मैं देखता हूँ, वित्त मंत्री सामने एक बुलेटप्रूफ शीशे के पीछे खड़ा है। मैं हैरान हूँ। इन सबको कैसे पता चल गया कि हम ट्रेन से यहाँ उतरेंगे, इन सबकी ईंट से ईंट हिला देने की शपथ खाकर। इन्हें कैसे पता चल गया कि हम क्रांति करना चाहते हैं, जो ऐसे ही आती है।

बाबा मेरे पास आता है। कहता है—"मैं भी बहुत परेशान हूँ इस क़िस्त वाली परेशानी से। मेरे ऑफ़िस के सारे लोग भी मेरे साथ खड़े हैं।"

मैं कहता हूँ—"घबराने की कोई ज़रूरत नहीं। वित्त मंत्री को कोई अधिकार नहीं कि वह सेना या पुलिस को हुक्म दे। यह रक्षा मंत्रालय का मामला है और रक्षा मंत्री यहाँ नहीं दिख रहा। इसलिए बेख़ौफ़ रहो।"

मैं नारे की तरह ज़ोर से चिल्लाया—"हम अपनी लड़ाई नहीं छोड़ेंगे। गाढ़ी मेहनत से कमाता हूँ। मैं अपनी कमाई नहीं दूँगा।"

मेरी आवाज़ स्टेशन के आसपास की घनी इमारतों से टकरा कर लौटी। लौटते समय वह मर्दाना आवाज़ से एक ज़नाना आवाज़ में बदल गई। लौटे हुए शब्द मुझे सुनाई पड़े—मैं अपनी झाँसी नहीं दूँगी।

हम सबमें ख़ून का उबाल और तेज़ हो गया।

लाउडस्पीकर से आवाज़ आ रही थी कि सारे लोग पीछे हट जाएँ। जाकर ट्रेन में बैठ जाएँ और अपने-अपने घर जाएँ।

हममें से कोई नहीं मानता। हम आज इस सिस्टम को बदल डालेंगे। इस चोरकट सिस्टम को। इस मोहिनी भस्मादेवी को।

तभी रेट-रेट-रेट करके गोलियाँ चलने लगीं। मिलिट्री ने अपनी मशीनगनों का मुँह हमारी ओर कर दिया था। हम यानी भीड़। हम यानी क्रांतिकारी। हम यानी सिस्टम को बदल डालने की माँग करते सिस्टम के शिकार।

और गोलियाँ चलती रहीं। उन्होंने एक बार भी यह नहीं सोचा कि हमारे भी बाल-बच्चे हैं, कि हम सुबह जब घर से निकले थे, तो बच्चे के लिए एक चॉकलेट लेते आने का वादा कर आए थे, कि हमारे बैग में बीमार माँ की दवा भी है, जो उस तक पहुँचानी ही है, कि हम अपने परिवार को खिलाने के लिए थोड़ी-सी सब्ज़ी भी लेते आए थे और यह माँग पूरी होने के बाद हम एक सुकून की मुस्कान के साथ अपने परिवारों में लौटेंगे। किसी ने भी हमारे पक्ष में, रुला देने वाले भावुक विज्ञापन बनाकर कभी टीवी पर प्रसारित नहीं किये थे।

उन्होंने नहीं सोचा ये सब। वे सिर्फ़ गोलियाँ दाग़ते रहे। हर तरफ़ अफ़रातफ़री मची थी। हम सब गोलियों से बचना चाहते थे। भाग रहे थे। कोई शेड के पीछे छिप रहा था। कोई दीवार की आड़ में। कोई सरपट भाग रहा था और उसके हाथ से ख़ून की धार छूट रही थी। एक तरफ़ एक आदमी अपने कुचल गए पैर को घिसट रहा था और बुरी तरह रो रहा था। लोग उस पर से दौड़े जा रहे थे। गोलियाँ अब भी हमारी ओर आ रही थीं। एक बच्चा बहुत बुरी तरह घायल था और चीख़ रहा था। एक गोली से उसकी तड़प हमेशा के लिए समाप्त हो गई। उसे देखकर एक औरत पछाड़ खाकर गिर गई। वह शायद उसकी माँ होगी।

मिट्टी में ख़ून लसड़ रहा था। दीवारों पर छींटे थे। ज़मीन पर बेशुमार लाशें थीं। उनमें से किसी के हाथ में अभी भी हरकत थी। कोई कराह रहा था। कोई टाँग उठाकर दर्द से कलप रहा था। गोली ऐसी हर अधमरी लाश का निशाना लेती और उसे पूरी तरह ख़त्म कर देती।

एक भयानक मुर्दनी चारों ओर छाई हुई थी। मकानों की खिड़कियों पर लोग नहीं थे। चौराहों और रास्तों में लाशें पड़ी थीं। स्टेशन बुरी तरह सुनसान था। किसी फ़ाख़्ता के पंखों की आवाज़ तक नहीं थी। मैं एक मरघट में खड़ा था।

बुलेटप्रूफ शीशे के पार से वित्त मंत्री की आवाज़ आई। वह मेरे बिलकुल पास आ खड़ा हुआ था। चारों ओर देखता। उसने किसी को साफ़ करने का हुक्म दिया।

मेरी तरफ़ देखा और धीरे-से बोला, *तय है, तेरी हत्या होगी।*

उस दिन वह ट्रेन कहीं से नहीं चली थी। कहीं नहीं पहुँची थी। रास्ते में वह कहीं नहीं रुकी थी। और हाँ, उसमें कोई सवार भी नहीं हुआ था। यह जलियाँवालाँ से बड़ा नरसंहार था, स्टेशन नरसंहार। आपका कोई भी नज़दीकी स्टेशन। 3417 लोग मारे गए थे, पर कोई भी मारा नहीं गया था।

पर ऐसी कोई ख़बर नहीं

घर के एक कोने में कुर्सी पर अलग-थलग बैठा मैं ख़ुद को पृथ्वी के सबसे निर्जन कोने में पाता हूँ। मैं एक बहुत थके हुए आदमी की तरह लाशों के उस महासागर से निकला था। गोलियों की आवाज़ और एक-एक व्यक्ति की चीख़ मेरे कानों में लगातार गूँज रही है। मैं दहाड़ें मारकर रोता, जब मुझे अहसास होता कि तीन हज़ार लोग मारे गए हैं। मुझे बार-बार ऐसा लग रहा था कि यह सिर्फ़ एक स्टेशन की घटना नहीं है। लोकल ट्रेन जितने स्टेशनों से होकर गुज़री होगी, सब पर ऐसा ही हुआ होगा। हर स्टेशन ख़ून, छल, अत्याचार, अन्याय, कपट, सीनाज़ोरी, लोकतंत्र, तानाशाही, यंत्रणा, प्रतिशोध, निराशा, मरघटी शान्ति और दुखी पिशाचिनियों की सिसकियों से पटा होगा। मेरा रोना सुनने के लिए कोई नहीं बचा था। मैं हैरान हूँ कि एक भी गोली मुझे क्यों नहीं लगी? क्या जिस वक़्त गोलीबारी हो रही थी, उस वक़्त मैं छिप गया था? मुझे नहीं याद। किस जन्म का पुण्य है, जो बच गया? किस जन्म का पाप है, जो मैं बच गया?

घर आते ही मैं गोली से घायल किसी मृतप्राय की तरह गिर गया। खाना बनाने वाली ने साड़ी के पल्लू से मेरे माथे पर चुहचुहाते पसीने को पोंछा। मैं लम्बी-लम्बी साँसें लेकर फेफड़ों में हवा भरता रहा।

उसने पंखे की रफ़्तार बढ़ाते हुए पूछा—क्या हो गया?

मैं चुप रहा। उसकी ओर देखता हुआ। मेरे बैग में एक चॉकलेट थी। उसे निकालकर टेबल पर रख दिया। सचमुच, मुझे बहुत रोना आ रहा था।

"उन्होंने सबको मार डाला।"

"क्या?"

"हाँ, एक साथ तीन हज़ार लोगों को गोलियों से भून डाला।"

"कहाँ? कब?"

वह जहाँ बैठी थी, वहाँ से बुरी तरह उछल गई।

"अभी, दो घंटे पहले।"

मैंने उसे पूरा क़िस्सा सुनाया। सुनाते-सुनाते अहसास हुआ कि मैं रो भी रहा हूँ और मेरे रोने के कारण शब्द अस्पष्ट निकल रहे हैं, जिससे वह एक ही बात चार बार पूछ रही है।

मैंने उसे बताया, वित्त मंत्री मुझसे कह कर गया है, तय है, तेरी हत्या होगी।

खाना बनाने वाली ने वैसी ही निगाह से मुझे देखा, जिस निगाह से उस दिन दुकानदार ने देखा था। मैं समझ गया, यह मेरा यक़ीन नहीं कर रही। मैं उठकर बैठ गया।

"हाँ, वह बोलकर गया है।"

उसकी निगाह मेरे पूरे बदन को चीरकर रख देगी।

वह टीवी चलाती है। ख़बरों के सारे चैनल बदल देती है। वह हर भाषा के हर ख़बर-चैनल को देखती है।

और कहती है—पर ऐसी तो कोई ख़बर नहीं है।

"होगी, ध्यान से देखो।"

मैं उसके साथ बैठकर पूरे दो घंटे ख़बरें देखता हूँ, लेकिन जलियाँवाला बाग़ से भी बड़े नरसंहार की कोई ख़बर वहाँ पर नहीं है।

"कल पेपर में तो आ ही जाएगा।"

"तुम खाना खा लो और सो जाओ।"

मैं आज्ञाकारी बच्चे की तरह, टेम्ड जानवर की तरह खाता हूँ और नींद की शरण में चला जाता हूँ।

भूल-चूक लेनी-देनी

सुबह उठा, तो पत्नी काग़ज़ पर हिसाब-किताब कर रही थी। घर सामान अस्त-व्यस्त था। कपबोर्ड में से कई सामान बाहर निकले थे। ऐसा लग रहा था, जैसे किसी ने घर की नंगी तलाशी ली हो। क्या रात को कोई आया था, जिसने पूरा घर तलाश मारा हो? क्या इस घर में अब भी कुछ बचा है, जिसकी तलाशी लेने पर कुछ मिल सके? क्या इस संसार के किसी भी घर में ऐसा कुछ छिपा है, जिसे जानने के लिए तलाशी लेनी पड़े?

मुझे ख़्याल आया कि रात को कहीं वे बैंक वाले न आए हों। उस दिन वह बहुत अविश्वास से देख रहा था, जब मैंने कहा था कि घर में इतना पैसा कोई कैश थोड़े रखता है। उसके बाद उसने घर के भीतर मौजूद हर दिशा में निगाह दौड़ाई थी।

मैंने रात को कपड़े तक नहीं बदले थे। बेल्ट अधखुला कमर से लटक रहा था। शायद बीवी ने रात को मेरी बेल्ट उतारने की कोशिश की होगी, या ढीली करने की। पैरों में अभी मोज़े थे और उसके कारण एक अजब-सी गर्मी लग रही थी। टखनों के ऊपर जहाँ मोज़ों की पट्टी चिपकी होती है, जहाँ गोल-लम्बे निशान पड़ जाते हैं, वहाँ बहुत ज़ोरों की खुजली हो रही थी। मैं एक टाँग पर खड़े-खड़े खुजली करता रहा। कभी गिरते हुए ख़ुद को सँभालने की कोशिश में।

काग़ज़ पर अब भी उसका हिसाब-किताब चल रहा था। उसे ख़बर नहीं लग पाई थी कि मैं जाग गया हूँ। मैं ठीक उसके सामने जाकर खड़ा हो गया।

उसे कोई फ़र्क़ नहीं पड़ा यह जानकर कि मैं जाग गया हूँ।

उसने मेरी तरफ़ वैसे ही देखा, जैसे उस दिन दुकानदार ने देखा था। इसकी आँखों में दुकानदार रहने लगे हैं? मैं सोचना चाह रहा था।

उसने एक बार भी नहीं पूछा कि कैसा हूँ। अगर वह पूछती, तो मैं ज़रूर यही कहता कि मुझे क्या हुआ था? क्या तुम मुझे पागल समझ रही हो?

शायद उसे पता लग गया था कि मैं ऐसा कहने वाला हूँ, इसीलिए उसने कुछ नहीं पूछा।

"क्या कर रही हो?"

"कुछ नहीं, थोड़ा हिसाब कर रही हूँ।"

मैं एक तरफ़ को खड़ा हो गया। फिर छोटी बाल्टी में पानी और मग्गा लेकर बाल्कनी में चला गया। मुझे अपने पौधों को पानी देना है। नीम की सात पत्तियों को उँगली से घिसकर धोना है। डहेलिया के फूल का इन्तज़ार करना है।

अचानक उसकी आवाज़ आई, "तुमको याद है, फ्रिज कितने में लिया था हमने?"

"ग्यारह हज़ार सात सौ।"

बिजली की गति से मेरे मुँह से निकला। मैं ख़ुद भी हैरान हो गया।

"और टीवी?"

"बारह हज़ार का।"

मैं तो किसी बेयरे की तरह बोल रहा हूँ। जिस समय मैं सब कुछ भूल चुका हूँ, उस समय सब कुछ याद आ जाने-सी ख़ुशी महसूस हो रही है।

मैं ख़ुश होकर पौधों को पानी देने लगता हूँ कि उसका यह पूछना मुझे बहुत अजीब लगता है। मैं उसके पास जाकर पूछता हूँ। वह कुछ नहीं कहती। उसके काग़ज़ पर घर के ऐसे कई सामानों का नाम और क़ीमत लिखे हैं।

"क्या कर रही हो?"

"हिसाब?"

"किस चीज़ का हिसाब?"

"कौन-सा सामान कितने का।"

"इससे क्या होगा?"

"जो चीज़ निकल सकती होगी, उसे निकाल देंगे। कुछ तो पैसा आ जाएगा।"

मैं चुपचाप उसके सामने बैठ जाता हूँ। इस तरीक़े से मैंने नहीं सोचा था।

दरअसल, मैंने कुछ सोचा ही नहीं था।

दरअसल, मुझे कुछ सोचना आता ही नहीं था।

दरअसल, आख़िरी बार कब इस तरह से सोचा था मैंने, यह बिलकुल याद नहीं।

वह घर के छोटे-बड़े तमाम सामानों का मूल्य जोड़ती है और वह लाखों में जाता है। मुझे सन्तुष्टि-सा आभास होता है कि मेरी परिसम्पत्ति लाखों में है।

फिर वह बारह हज़ार की टीवी के सामने लिखती है तीन हज़ार रुपये। चौवालीस हज़ार की मोटरसाइकिल के सामने बीस हज़ार रुपये। ग्यारह हज़ार के फ्रिज के सामने तीन हज़ार रुपये। इक्यावन हज़ार तीन सौ रुपये के कंप्यूटर के सामने तेरह हज़ार चार सौ।

ये किसी कबाड़ी की तरह भाव क्यों लगा रही है?

"री-सेल में क़ीमत हमेशा घट जाती है। मैं तो फिर भी बहुत ज़्यादा-ज़्यादा लिख रही हूँ।" उसने इस तरह कहा, जैसे अर्थशास्त्र का कोई बहुत बड़ा फंडा समझा रही हो।

कितना अवमूल्यन है ये? सामान घर में आया नहीं कि उसकी री-सेल वैल्यू आधे से भी कम हो गई। जिस समय लिया जा रहा था, उस समय तो किसी ने नहीं बताया था ये सब। तो ये सब मेरी सम्पत्ति कैसे हो गई?

इनका तो मोल कौड़ी में भी नहीं। जितने में मैंने लिया है, उतने में तो कभी बेच भी नहीं सकता? यह कैसे हो रहा है कि शो-रूम से सड़क के बीच बाइक अपनी क़ीमत चौबीस हज़ार घटा बैठी? क्या चलते समय छीजती है इसकी क़ीमत, जैसे उसका टायर?

मेरी री-सेल वैल्यू कितनी है? एक बार बिक जाने के बाद धेला कोई नहीं पूछेगा मुझे? दुबारा नहीं बिक सकता मैं? काठ की हाँड़ी हूँ, एक बार में तल्ला काला। राख। अगली बार कौड़ियों के मोल। पहली बार चमचमाते शो-रूम से बिकना, अगली बार कबाड़ के भाव।

सच कहूँ, ये अर्थशास्त्र कभी मेरी समझ में नहीं आएगा? आपके आता है क्या?

ये सिर्फ़ नाम के वैल्यूएबल्स हैं, दरअसल इनकी कोई वैल्यू नहीं। ये मेरा भ्रम है। 'दिमाग़ी गुहांधकार का औरांग उटाँग' है ये, जो चाहे जब खींस निपोर दे, चाहे जब काम निपोर दे। मेरी सम्पत्ति भ्रम है। माया है। उपभोग की वस्तु मात्र है। सम्पत्ति सिर्फ़ उनके लिए है, जो फेन्स के उस तरफ़ बैठे हैं।

कौन हैं वे लोग, जो फेन्स के उस तरफ़ बैठे हैं? उनके चेहरे नहीं हैं? सिर्फ़ उनकी बड़ी-सी तोंद दिखाई देती है? सिर्फ़ चिकन की फेंकी हुई हड्डी और उलीची गई शराब की भाप दिखाई देती है? सिर्फ़ एक भयंकर अट्टहास, एक कानफोड़ू डकार और न समझ में आने वाली एक सर्वव्यापी भाषा सुनाई देती है?

दस रुपये में ख़रीदा गेहूँ वापस दस रुपये में बेच पाऊँगा? बाईस का दूध फिर बाईस में? पचास रुपये की यह चाय बनाकर फिर पचास रुपये में बिकेगी क्या? मुझसे नहीं बिकेगी। जो बेच सकते हैं, अर्थव्यवस्था वही बनाते हैं, वही चलाते हैं। जो नहीं बेच सकते है, वे अर्थव्यवस्था का शिकार हो जाते हैं। कैसा लंपट बेचू समय है यह? यहाँ लोग कान का बाल कुंडल के मोल बेच डाल रहे हैं और हम हैं कि ससुरा दस रुपये का गेहूँ पूरे दस रुपये में नहीं बेच सकते? आठ घंटे का श्रम पूरे आठ घंटे की क़ीमत पर नहीं बेच पाते। धिक्कार है हमें!

या धिक्कार है तुम्हें?

घर में जो चाय पीता है, वह दाम नहीं चुकाता। जो खाता है, वह नक़दी नहीं गिनता। जो गद्दे पर सोता है, वह मुफ़्त में सोता है।

कैसा अजीब एकाधिकार है? मुझे ख़रीदने का हक़ दिया गया है, बेचने का नहीं। मैं इस बाज़ार को वापस कुछ नहीं बेच सकता। ये ई-वेस्ट है। पूरी अर्थव्यवस्था ई-वेस्ट है, जहाँ कचरा बेमोल है, जिसकी रीसाइकिलिंग भी नहीं हो सकती। जिसे सिर्फ़ एक ढेर की तरह जमा होते जाना है। जिसमें कीड़े भी नहीं लगेंगे और हज़ार साल बाद आने वाली पुश्तों को भी ये खुदाई में साबुत ज़मीन के नीचे से मिलेंगी। जिसे डी-कोड करना उनके लिए नामुमकिन होगा। जिससे सभ्यता को सिर्फ़ नुक़सान ही होना है। जो एक करवट में एक लाख बीमारियाँ दे देगी, जिन्हें जब तक साइंस समझ पाएगा, सृष्टि शिव की तीसरी आँख में घुस जाएगी। जो मुझे ऐसी भुलभुलैया में ले जाएगी, जैसी तिब्बत के किसी पुराने इलाक़े की कोई अनसुलझी लिपि।

मैं उसके हाथ से काग़ज़ ले लेता हूँ।

इससे कुछ नहीं होने वाला। मैं बर्दाश्त नहीं कर पाऊँगा कि मेरी बारह हज़ार की टीवी को कोई दो हज़ार में लेवे। तुम्हें नहीं पता, उस बारह हज़ार को कमाने में मैंने कितनी बार अपनी रूह को मारा है, जो समय मुझे अपने आप को देना चाहिए था, उस कम्पनी को दिया है, जिसने मेरे समय की क़ीमत आढ़तियों की तरह लगाई है। जहाँ सुबह जाते समय मुझे हमेशा लगा कि मैं अपने भीतर कुछ काट रहा हूँ। जहाँ से मैं हमेशा नाख़ुश लौटा। जहाँ से मुझे माहवार तनख़्वाह के अलावा यंत्रणा, यातना, दुख और अपमान ही मिले। जिसने दफ़्तर के दरवाज़े से लेकर टॉयलेट के कमोड तक सिर्फ़ मेरा मज़ाक़ ही बनाया। जिसने हमेशा यही कोशिश की कि मैं उतना ही पैसा ले जा सकूँ घर तक, जितने में मेरा लोभ ज़िन्दा रह सके, जितने में वापस वहाँ आने की मेरी ललक बनी रहे।

वह अवाक् मुझे देख रही है।

सच कहता हूँ, मैं नहीं देख पाऊँगा। उपभोग की क़ीमत उपयोग से ज़्यादा लगाई जाती है यहाँ। मैं इस दुनिया में नहीं रह पाऊँगा। मैं अपना नाम वापस लेता हूँ, जीने वालों की फ़ेहरिस्त में से।

बन्द कर दो यह सब। एक बार बिका हुआ माल वापस नहीं होता। भूल-चूक लेनी-देनी।

कहकर मैं बाथरूम की तरफ़ भागा। मेरा प्रेशर बन रहा था।

वाइब्रेशन मोड

जब मैं ऑफ़िस पहुँचा, तो सारे लोग मुझे ही देख रहे थे। चीज़ों को बेजान माना जाता है, लेकिन वे भी मेरी ही ओर मुँह किये बैठी थीं। पानी की एक सादी-सी बोतल भी मुझे ही ताक रही थी। दफ़्तर के वे सारे लोग जो कल शाम को ट्रेन में मेरे साथ अचानक आ गए थे, इस समय अपनी-अपनी मेज़ों पर बैठे काम कर रहे थे या सिर खोभ रहे थे या कुर्सी पर टाँग चढ़ाकर बैठे थे या लेमनचूस चाट रहे थे। ये सारे लोग कल मार डाले गए थे या मेरी तरह बचकर भाग गए थे? बाबा कहाँ है? कल वो दग़ा देकर भाग गया था। जब गोलियाँ चली थीं, तो मैंने उसे भागते हुए देखा था। ये सारे लोग उसी के साथ भागे थे क्या?

वे मुझे देख रहे हैं। मैं प्याज़ की तरह ताज़ा छिला हुआ हूँ।

"बच गए फिर कल?"

बात मैंने ही शुरू की।

"क्या?"

उसने कहा।

"कल बच के निकल लिए न? सही पहुँच गए थे घर तक?"

"हाँ, पहुँच तो गया था।"

"अच्छा किया, बहुत गोली चली थी।"

"क्या?"

काम कीजिए, काम। मैंने महटिया दिया। अब वह भी मुझे ग़लत साबित करना चाहेगा। अब वह भी कहेगा कि कौन-सी गोली? ये सारे लोग इस व्यवस्था का हिस्सा बन गए हैं। ये कभी नहीं कहेंगे कि गोली चली थी, इतने सारे लोग मारे गए थे। ये क्षुद्र हैं। बिके हुए लोग हैं। मौन रहने वाला हर आदमी बिका हुआ है। उसे अपने बिके होने का मर्म ही नहीं पता।

"आपकी तबीयत अब कैसी है?"

कोई हमदर्दी लेकर आया था।

"मुझे क्या होना था?"

"नहीं, कल ज़रा परेशान लग रहे थे।"

"नहीं तो। मैं बिलकुल परेशान नहीं। मैं तो हँसता हूँ।"

मैं हँस नहीं पाया।

"हाँ, आज तो बहुत सही हैं आप।"

वह मुस्कराकर गया।

मैं नहीं मुस्कराया।

मैं अपने काम में लग जाता हूँ। मुझे कुछ नहीं याद करना है। मुझे कोई क्रांति नहीं करनी है। मुझे सिर्फ़ पैसों का इन्तज़ाम करना है। पर काम करने से पैसे नहीं मिलते। और क्या किया जाना चाहिए?

मैं मोबाइल उठाता हूँ और परली तरफ़ के गलियारे की ओर जाता हूँ। वहाँ एक स्मोकिंग ज़ोन बना हुआ है। अघोषित। वहाँ एक सोफ़ा भी रखा है। बहुत पुराना। शायद पहले डीजीएम के केबिन में होता था यह सोफ़ा। बाद में उसने अपने केबिन का रिनोवेशन कराया था। सारे फ़र्नीचर और कर्टेन्स बदले थे। मेरी मेज़ पहले उसी के केबिन में थी। जब वह अपना फ़र्नीचर बदल रहा था, तो बाबा से बोलकर वह मेज़ मैंने ले ली थी। उस मेज़ में बीचोबीच ग्लास लगा है, जिसके नीचे मॉनीटर रखा जा सकता है। इससे मेरी मेज़ काफ़ी खुली-खुली हो गई थी। उस पर मुझे अलग क़िस्म की मुक्ति का अहसास होता है। उस ग्लास में से नीचे

देखकर काम करना होता है। उस टेबल पर कई लोगों की नज़र थी। पर बाबा ने मेरे बारे में कहा था कि मुझे स्पॉन्डिलाइटिस है। सो मेरे पास आ गई। बाद में उसी डीजीएम के ख़िलाफ़ मुझे शिकायत करनी पड़ी थी। बाबा ने कहा था। कर दी थी।

उसके सोफ़े में किसी को दिलचस्पी नहीं थी। ना ही कहीं जगह थी। मैंने ही बाबा से कहा था कि उस सोफ़े को गलियारे में रखवा दिया जाए। वहाँ विजिटर्स बैठ सकेंगे। दरअसल, सिगरेट पीते हुए कई बार मुझे बैठने की ज़रूरत लगती थी। इसलिए बाबा को वह सुझाव दिया था मैंने। अब उस पर मेरे जैसे दो-चार सिगरेटची बैठते हैं। विजिटर्स को बहुत कम देखा है। दरअसल, वे इस रास्ते आते ही नहीं।

मैंने मोबाइल में कुछ नम्बर तलाशे थे। कुछ रिश्तेदारों को फ़ोन कर हालचाल पूछा। उनकी माली हालत के बारे में सोचा। उनसे कुछ पैसे लेना चाहता था। पर जैसे सबको पहले से ही पता हो कि मैं पैसे माँगना चाहता हूँ। हैलो बोलने के बाद से ही वे अपनी तकलीफ़ें गिनाने लगते।

मैंने सिर पीछे कर लिया। सोफ़े के कन्धे से टिक गया। जैसे मेरा पूरा बदन हवा में उड़ रहा हो। सिर्फ़ गरदन के सहारे टिका हुआ होऊँ मैं।

पता नहीं, कब तक उसी तरह पड़ा रहा मैं। आँख तब खोली, जब कान में मेरा नाम गया। कोई पुकार रहा था। बहुत दूर से आवाज़ आ रही थी।

जो आवाज़ दे रहा था, वह मेरे बिलकुल बग़ल में बैठा था।

उसे देखकर मैं हड़बड़ा गया। सच में। हवा में उड़ता मेरा बदन गिर पड़ा। जिस गरदन पर टिका था, उसे बुरी तरह झटका लगा।

मैं सोच भी नहीं सकता था कि वह यहाँ भी आ जाएगा।

"क्या हुआ सर? रिलैक्स हो रहे हैं।"

"नहीं, आपका ही काम कर रहा था।"

"अरे वाह सर। पर तीन दिन हो गए सर। अब तक तो आपको कर लेना चाहिए था सर।"

....

"आपने तो कहा था कि बस एटीएम से निकाल कर दे दूँगा।"

"मैंने तो नहीं कहा था ऐसा।"

"यही कहा था सर। छोड़िए, और बताइए। कैसे हैं?"

....

इस सवाल का क्या जवाब दे सकता था मैं।

"अभी भी पैसों का इन्तज़ाम करने में ही लगा हुआ हूँ भाई मेरे।"

"वो तो कब से कर रहे हैं सर आप। मैंने तो अपनी रिस्क पर आपको तीन दिन का समय दिया था। घर-गिरस्थी वाले हैं आप, सोचकर। मेरे सीनियर्स ने हड़काया भी मुझे इसी कारण। पर शरीफ़ हैं आप, इसीलिए मैंने रिस्क ले लिया। आज तो आपको जमा करना ही होगा पैसा। वरना एक्शन हो जाएगा।"

"भाई, मैं कहाँ से लाऊँ पैसा? नहीं हैं मेरे पास।"

"सर, इसीलिए तो धीरे-धीरे जमा करना था। इतने महीने तो ग़ायब रहे आप। बताया तक नहीं। डिफाल्टर हैं। क्या करूँ मैं, बताइए?"

"आप बताइए, मैं क्या करूँ?"

मैं उसके आसपास, आगे-पीछे देखने लगा। इसके मुश्टंडे साथी यहीं हैं, या नीचे छोड़ आया है।

"सर, अकेले ही आया हूँ आज। शरीफ़ आदमी हैं आप। इसलिए अकेला ही आ गया।"

"पर यहाँ क्यों आ गए?"

"घर देख लिया था सर आपका। सोचा, ऑफ़िस भी देख लें।"

"भाग थोड़े जाऊँगा।"

मैं भुनभुन बोला।

"भाग ही तो गए थे सर। बड़ी मुश्किल से खोजा है आपको।"

बहुत कड़वा बोल गया वह। इतनी देर से जिस शराफ़त से वह बात कर रहा था, उसमें यह पंक्ति अजीब लगी। मैं चुप लगा गया।

सच में मैं भाग गया था। चाहता था कि बैंक वाले भूल जाएँ वह क़र्ज़, जो मैंने ले रखा है।

"फिर? क्या करूँ मैं, बताओ।"

"आज के बाद तो एक्शन हो जाएगा। मेरी ड्यूटी यहीं ख़त्म हो जाएगी। कल से कोई दूसरा एग्ज़ीक्यूटिव आपको डील करेगा। मैंने तो सिर्फ़ सर्च करके रिपोर्ट दे दी।"

मेरा ब्लडप्रेशर बढ़ गया। साँस लेने में तकलीफ़ होने लगी। छत पर बनी किसी जगह को मैं ऐसे देखने लगा, जैसे वहाँ कोई सुराख कर दूँगा।

"आप जैंटलमैन हो सर। तीस हज़ार ज़्यादा रक़म नहीं। कहीं से जुगाड़ लीजिए। आठ बजे शाम तक भर सकते हैं आजकल तो। बैंक खुला रहता है। नहीं तो सुबह साढ़े दस से पहले कर दीजिए। वरना तकलीफ़ हो जाएगी। बिना मतलब ऑफ़िस या कॉलोनी में बेइज़्ज़त होना पड़ेगा।"

मैं बेइज़्ज़ती की कल्पना करके काँप रहा था। चुप था, क्योंकि कुछ बोल ही नहीं पा रहा था। गला सूख गया था। रह-रहकर थूक गटक रहा था। गले में कोई धारदार काँटा चुभा हुआ था। ज़ख़्म दे रहा था।

वह बोलकर चला गया। मैं इस तरह बैठा था, जैसे वह स्टैच्यू बोलकर भागा हो। उस जगह से उठने का मन नहीं कर रहा था। बाक़ी हर जगह असुरक्षित थी। एक बार को मन में आया कि घर ही न जाऊँ कुछ दिनों के लिए। आएँगे, और घर में नहीं पाएँगे, तो वापस चले जाएँगे। इसी तरह कुछ दिन का समय मिल जाएगा। पर उन्होंने तो ऑफ़िस भी पता कर लिया है मेरा।

अब वे सब पता कर लेंगे। वह पब्लिक टॉयलेट, जहाँ से गुज़रते ही मुझे सू-सू लग जाती है, पान की दुकान, जहाँ भी एक क़र्ज़ कर रखा है मैंने पान-सिगरेट का, सैलून, जहाँ कभी-कभी दाढ़ी बनवाने की अय्याशी कर लेता हूँ मैं। हर जगह उन्हें पता चल चुकी होगी अब तक। हर जगह वे मुझे घेर सकते हैं, मार सकते हैं, बेइज़्ज़त कर सकते हैं।

मैं बुरी तरह डर रहा हूँ। कहाँ से लाऊँ पैसे?

सैंया दिल में आना रे... आके फिर न जाना रे...

मैं घबराकर उठ खड़ा हुआ। मोबाइल बज रहा था। उसकी रिंगटोन थी। सोफ़े पर रखा फ़ोन काँप रहा था। सोफ़े के सामने खड़ा मैं भी उसी तरह काँप रहा था।

एग्ज़ीक्यूटिव मुझे वाइब्रेशन मोड पर लगा गया था।

कर्म-योद्धा और क़र्ज़-योद्धा

मैंने फिर ऑफ़िस में अपने आसपास बैठने वालों से पैसों की बात चलाई। उनमें से कइयों ने कई मौक़ों पर कहा था कि यार, हम तो तेरे लिए जान भी दे सकते हैं, लेकिन इस वक़्त वे जान क्या, पैसे भी नहीं देना चाहते थे। उन सबके नाम एक जैसे थे, वे सब एक जैसे दिखते थे, उन सबके कपड़े एक जैसे थे, वे एक ही जैसा चश्मा पहनते थे, एक ही जैसा संगीत सुनते थे, एक ही जैसे अख़बार पढ़ा करते थे, एक ही जैसे टीवी थे उनके पास और हमेशा वे एक ही जैसे प्रोग्राम्स देखा करते थे, उनकी पसन्द एक जैसी थी, उन सबकी बातें, आदतें, नाराज़गी और ख़ुशियाँ एक जैसी थीं, वे सब एक ही जैसी बातों पर उछल पड़ते थे और एक ही जैसी बातों पर उदास हो जाते थे, वे एक ही जैसे खेल खेलते थे, वे सब एक ही जैसा खाना खाते थे, वे सब एक जैसी करवटों में सोया करते थे और एक जैसी गुप्तता में एक जैसे तरीक़े से चुंबन लेते थे, वे सब एक जैसी अर्थव्यवस्था में रहते थे और उसके प्रति उन सबके विचार एक ही जैसे थे, वे तरक़्क़ी और बरकत के एक जैसे सपने देखा करते थे, वे सब एक जैसी चमचमाहट से चमक रहे होते थे, लेकिन इस चमक के भीतर उनकी एक जैसी रंग वाली चड्डियाँ एक जैसी जगह से फटी होती थीं, कंगाली और तंगहाली से सबको एक जैसा डर लगता था और एक जैसी ख़राब माली हालत, एक जैसी बदहाली, एक जैसी अनिश्चितता

के बाद भी उन सबके चेहरे पर या तो एक जैसी हँसी होती थी या एक जैसी उदासी, वे सब स्टीरियोटिपिकल इमेजेस में ही जिया करते थे, वे सब प्रोटोटाइप थे मेरे वर्ग के—जिसे मध्य वर्ग कहा जाता है। उन सबमें एक जैसी लंपटई थी।

उन सबने मुझे एक जैसे चेहरे पर एक जैसी भंगिमाओं के साथ एक जैसे शब्दों में इंकार किया था।

इस एक जैसे-पन के बाद भी उनमें से हर कोई अपने को अद्वितीय परेशानियों से घिरा हुआ बताता था।

हर किसी को क़िस्तें भरनी थीं, हर कोई क़र्ज़ों से बेहाल था, किसी को कार के उठ जाने की फ़िक्र थी, किसी को बाइक और टीवी की, कोई होमलोन की क़िस्त भर रहा था, किसी ने पर्सनल लोन लिया था और जिसके इस्तेमाल के बारे में न बैंक ने उनसे पूछा था, न ही सरकार ने। हर किसी की अंटी आधे महीने में ही ख़ाली हो जाती थी। हर किसी ने पैसों की मदद न कर पाने का यही कारण बताया था।

हममें से कोई कर्म-योद्धा नहीं, सब क़र्ज़-योद्धा हैं क्या? बरबस मेरे मुँह से निकला।

वे सब एक जैसी ख़ामोशी से भर गए और एक जैसी कुर्सियों पर बैठकर एक जैसे काम करने लगे।

जब मैं सड़क पर चल रहा था, तो मेरे क़दम सही जगह पर नहीं पड़ रहे थे। बार-बार मेरी आँखों के आगे काले साये आ जाते थे और मेरी कँखौरियाँ गन्हाने लगती थीं। गोमूत्र की गन्ध मेरी कँखौरियों में घर बनाकर रह रही थी। स्थाई निवास बना लिया था। थोड़ी देर पहले मैंने रास्ते से थोड़ी सब्ज़ी ली थी, हालाँकि मेरा मन बिलकुल नहीं था और उसके बाद से मेरा दिल इसलिए भी डूबा जा रहा था कि घर जाते ही खाना बनाने वाली की डपट सुननी होगी कि कितनी सड़ी हुई सब्ज़ियाँ ले आए हो, कि पैसे किसी पेड़ पर नहीं उगते जो इस तरह फूँक देते हो, कि इतने में तो मैं चार दिन सब्ज़ी ले आती, कि फलाँ... कि ढिमका...

पता नहीं, मेरे क़दम किस तरह पड़ रहे थे कि मैं कैसे चल रहा था कि मैं गिर क्यों नहीं जा रहा था कि मैं सीधा था कि मैं टेढ़ा था कि मैं सिर के बल चल रहा था कि मेरी टाँगों में ज़ंग लगी हुई थी कि मेरा मगज फिर गया था कि मेरी आँखें उलट गई थीं कि मुझे साँस लेने में दिक़्क़त हो रही थी कि क्या हो रहा था, पता नहीं। पर मुझे कुत्तों के बुरी तरह भौंकने की आवाज़ आई। मैंने पलटकर देखा, तो वे गोल बनाकर मेरे ही ऊपर भौंक रहे थे। उनमें से एक भौंकता-भौंकता आगे तक चला आता था और तीन पीछे से भौंकते थे, एक मेरी जांघों के बहुत क़रीब तक आ गया था कि मैंने मुँह से बड़ी भयानक आवाज़ निकाली और वह घबराकर चार क़दम पीछे हटा। मुझे तोष हुआ कि मेरे भीतर एक जानवर अभी भी सुरक्षित पड़ा है, एक दैत्य, जो समय आने पर इतनी भयानक आवाज़ निकाल सकता है, पर कुत्तों को कोई फ़र्क़ नहीं पड़ना था। वे चार क़दम पीछे हटकर वहीं से भौंकने लगे। मैंने एक पत्थर उठा लिया और उन्हें ललकारने लगा। उनका भौंकना और बढ़ गया।

उन कुत्तों को किसी ने पाला नहीं था। वे सड़क पर पले थे, ख़ुद से पले थे और उन्हें सम्भवत: किसी ने मेरी ओर इशारा करके छूऊऊऊ... भी नहीं कहा था, फिर वे मुझ पर क्यों भौंक रहे थे? ऐसा मैंने उस वक़्त नहीं सोचा था। उनकी भौंक मुझे सोचने भी नहीं दे रही थी।

कोई मेरे पास से कहते हुए गुज़रा, अरे निकल लो यार। कुछ नहीं करने वाले। ऐसे ही मस्ती में आए लगते हैं।

मैंने उनका क्या बिगाड़ा है कि मुझे देखकर इन्हें मस्ती आ गई है।

मैं चुपचाप अपनी राह चलने लगा। मेरे कन्धे पर बैग था और हाथ की पन्नी में तरकारी। उनमें से एक गुर्राता हुआ बिलकुल मेरी पिंडलियों तक आया। मैं पलटता, तब तक उसने तरकारी की पन्नी में मुँह मार दिया। पन्नी उसके दाँतों में अटक गई और वह उसे ले दौड़ा। पन्नी उसकी टाँगों में फँस गई और सारी तरकारी सड़क पर बिखर गई। इससे बाक़ी कुत्तों का ध्यान भंग हुआ। वे भौंकना छोड़कर पन्नी को सूँघने लगे।

पर अगले ही पल वे फिर मिलकर भौंकने लगे। मैंने देखा, उनकी भौंक सुनकर अगली गली से कुछ और कुत्ते निकले, उनके सुर में शामिल हो गए। मुझे लगा कि अब यहाँ से भागना चाहिए, क्योंकि अब उनके दाँत बहुत पैने लग रहे थे और इरादे भी ख़तरनाक।

मैं पलटा और तीन-चार क़दमों तक दौड़ा। उनकी भौंक तेज़ हो गई। वे मुझे दौड़ा रहे थे।

मैं फिर रुक गया। पलटकर खड़ा हो गया। उन सबकी मिली-जुली भौंक बेहद डरावनी लग रही थी। ऐसा लग रहा था, हमारे समय का सारा आतंक इसी भौंक से निकल कर आ रहा है, ऐसी भौंक, जिसमें कोई कमिटमेंट नहीं, जो सिर्फ़ मस्ती से निकली है, ऐसे व्यक्ति के प्रति, जो सिर्फ़ अपनी राह जा रहा है, जो दफ़्तर से छूटा है, जिसके पास बहुत बड़े-बड़े तनाव और जीनियस वाला एक सिरदर्द है, जिसने अपने परिवार को ख़ुश करने के लिए बहुत दिनों बाद आज तरकारी ली थी, जो बेबस है, असहाय है और इस असहायता में अद्वितीय तरीक़े से कायर है, जो किसी का नुक़सान नहीं कर सकता, लेकिन फिर भी नुक़सान करने वालों की नज़रबन्दी में हमेशा रहता है, जिसे किसी से लेना-देना नहीं, लेकिन जिसकी ले-दे पर पूरे सिस्टम की नज़र रहती है, उस मामूली-से आदमी पर भी तुम लोग सिर्फ़ मस्ती के कारण भौंक रहे हो?

मैं उन कुत्तों के सामने रो देना चाहता था। आसपास देख रहा था, कोई पत्थर नहीं था।

मैं अपने भीतर से अगली भयंकर आवाज़ के निकलने का इन्तज़ार करने लगा, पर मेरे भीतर का जानवर स्खलित हो चुका था। उसके ग़ुस्से का शीघ्र-पतन हो गया था।

बग़ल की दुकान से एक आदमी निकला और बिजली की तेज़ी के साथ उसने एक डंडा एक कुत्ते की पीठ पर मारा। कें-कें करता कुत्ता वहाँ से भागा। उसके साथ बाक़ी भी भागे। भौंक एकदम से बन्द हो गई।

आदमी भुनभुना रहा था—कान फाड़कर रख दिया सालों ने। कमेंटरी भी नहीं सुनने दे रहे हैं।

मैं उसके प्रति आभार प्रकट करना चाहता था, कम से कम नज़रों से ही, पर उसने मेरी तरफ़ उसी तरह देखा, जैसे उस दिन दुकानदार ने देखा था, जैसा खाना बनाने वाली ने देखा था, जैसा बाबा ने देखा था और जैसा मेरे आसपास बैठने वालों ने देखा था। उसी तरह जैसे वित्त मंत्री ने देखा था। उन सबकी आँखों में कोई दुकानदार रहने लगा था।

इस अहसास ने मुझे शर्म की ज़मीन में गाड़ दिया कि जिसके पीछे कुत्ते पड़ते हैं, दरअसल वह उसी लायक़ होता है।

मैं सड़क के एक किनारे खड़ा हो गया, जहाँ लोग नहीं थे। बैग से बोतल निकालकर दो घूँट पानी पिया और चश्मा निकालकर जेब में रख दिया। ऊपर से नीचे तक पसीने की गंगा बह रही थी। वह आसमान से उतरी थी और इस बार शिव ने उसे अपनी जटाओं में लेने से इंकार कर दिया था। वह मेरे पूरे शरीर पर नाच रही थी। उसमें किसी ने बूँद भर गोमूत्र मिला दिया था। क्यों आते थे मुझे वैसे सपने, जिनमें मेरे ऊपर बरसात हो रही है और बरसात का सारा पानी गोमूत्र में बदला जा रहा है? क्या ऐसे ही किसी वक़्त के लिए मैंने वैसा सपना देखा था? क्या इसी गन्ध के कारण इन कुत्तों ने मेरी मस्ती ले ली? मैं ऐसा क्यों दिख रहा हूँ, कि मेरे पीछे कुत्ते पड़ रहे हैं।

जहाँ-जहाँ पोंछ सकता था, वहाँ-वहाँ से मैंने पसीना पोंछा।

आज स्टेशन तक जाने में इतना समय क्यों लग रहा है मुझे?

रास्ता वही है, पर नाप नहीं पा रहा। डग भी वही है, लेकिन डिग ही नहीं रहे।

मैं बहुत सुस्त क़दमों से आगे बढ़ रहा हूँ। मेरे भीतर का जानवर एक बार फिर गुर्राता है और मैं अपनी कल्पना में उस अद्वैत वाले एग्ज़ीक्यूटिव को यादकर उसे एक भद्दी गाली देता हूँ। मेरे भीतर से फिर गुर्राहट निकलती है। उस एग्ज़ीक्यूटिव को मैं एक थप्पड़ रसीद करता हूँ।

उसके बाद ग्रेट खली की तरह उसे कान चॉप मारता हूँ। बतिस्ता की तरह मैं उसकी टाँगों पर कुहनियों के बल कूद जाता हूँ। अंडरटेकर की तरह उसे आर्मलॉक में ले लेता हूँ। वह कराह रहा हैं, काँख रहा है, पोंक रहा है, रिरिया रहा है, रो रहा है, मुझे बहुत सुकून मिलता है, मेरे दाँत भिंचे हुए हैं और आँखें मिंची हुई, मैं द रॉक की तरह उसे अपने सिर के ऊपर उठा लेता हूँ और पटक देता हूँ। वह चकनाचूर हो गया है। पैरों से उसे पलटता हूँ और एक ज़ोरदार आख़िरी लात उसकी चूतड़ पर मारता हूँ।

चिल्लाकर कहता हूँ, इसको कहते हैं जीपीएल... गांड़ पे लात। क्या समझे?

विजय का उल्लास मेरे भीतर भर जाता है। मैं एक असली शत्रु से काल्पनिक तरीक़े से लड़ रहा हूँ। उसे अब और धाराप्रवाह गालियाँ दे रहा हूँ।

पता नहीं, मेरे मुँह से आवाज़ निकल रही है या नहीं, पता नहीं, मेरी इस कुश्ती का प्रसारण किसी टीवी चैनल पर किया जा रहा है या नहीं, पता नहीं, मेरी कमर पर चमड़े का कोई बेल्ट बांधा गया है या नहीं, पर ये सात लोग मेरे सामने आकर खड़े हो गए हैं, इन्होंने मुझे बुरी तरह डरा दिया है।

इनमें से दो ने खद्दर का कुर्ता, खद्दर की सदरी और पैजामा पहन रखा है। इनके सिर पर गांधी टोपी है। उनके साथ पाँच मुश्टंडे हैं।

उनमें से एक जो सबसे गोरा और सुन्दर है, मुझसे पूछता है—क्या बात है सर, बहुत चिन्ता में हैं?

मैं अवाक् हूँ। बस उसे देखता रह जाता हूँ।

"क्या बात है सर? चिन्ता में हैं? ख़ुद से ही बातें किये जा रहे हैं?"

"कुछ नहीं।"

"नहीं सर, टेंशन तो है आपको। किसकी टेंशन है, बोलो सर?"

"किसी की नहीं भाई। चलिए हटिए।"

"अरे सर, आप इतना टेंशन में हैं, साफ़ दिख रहा है, ख़ुद से ही बोले चले आ रहे हैं, कुछ तो है? बॉस ने डाँटा है क्या?"

"नहीं तो।"

"बीवी ने अँगूठी माँगी है? नहीं लाए, तो घर में घुसने नहीं देगी?" उसने हाथ और आँख नचा-नचाकर फ़िल्मी जोकरों की तरह कहा।

"नहीं भई, अपने रस्ते जाइए। चलिए, रास्ता छोड़िए।"

"अरे सर, ऐसे कैसे छोड़ दें। क्यों भाइयो, ऐसे कैसे रास्ता छोड़ दें?"

उसके भाइयों ने कहा, "नहीं जी, रास्ता तो नहीं छोड़ सकते। वह तो इनके बाप का है नहीं।"

"तो क्या आपके बाप का है?" मैं पलटा।

"हमारे बाप तो राष्ट्रपिता हैं। उन्हीं का है।"

खे-खे-खे करके वे सब हँसने लगे। मुझे लगा, गड़बड़ है कोई। मैं पलटने लगा। उन सबने मेरी बाँह पकड़ ली।

"अरे सर कहाँ? अभी तो मिले हो। आपका स्वागत ही नहीं हुआ। सर, सच्ची बताइए, गर्लफ्रेंड से पंगा हुआ क्या?" उसने आँख मारते हुए पूछा।

"अरे नहीं यार।"

"फिर तो पक्का आप इंडिया की टेंशन कर रहे हैं? देश की चिन्ता अच्छी बात है। सच्ची बोलिए, वही कर रहे हैं न?"

मुझे लगा, पागल हैं ये सब लोग या लुटेरे। अभी चाकू-पिस्तौल न निकाल लें? मैं थोड़ा नरम हुआ और बोला, "देश की चिन्ता तो सबको है।"

"ये हुई न बात। सर, नाम क्या है आपका?"

"आपसे मतलब?"

"लगता है, अनामदास हैं। बोलो, अनामदास जी की..."

उसके भाइयों ने कहा, "...जय।"

वे अनामदास की जय के नारे लगाने लगे। वहाँ काफ़ी लोग इकट्ठा हो गए।

उनके नारे नहीं रुक रहे थे। अनामदास ज़िन्दाबाद, अनामदास ज़िन्दाबाद। वे शायद लोगों को इकट्ठा करने के लिए ही नारे लगा रहे थे।

मैं वहाँ से हटना चाहता था, पर सबसे मज़बूत तीन लोगों ने मुझे इस क़दर पकड़ रखा था कि मैं हिल तक नहीं सका।

अनामदास जी हमारे नेता हैं। इस देश को इनके जैसे नेता की ही ज़रूरत है। ये रास्ते पर चलते हुए भी देश की चिन्ता में लगे रहते हैं। ख़ुद से बातें करते हुए देश की समस्या का हल खोजते रहते हैं। वह आदमी भाषण देने लगा।

"अनामदास जी, बताइए, देश की कितनी चिन्ता करते हैं आप? आख़िर आप हमारे देश के नेता हैं?"

"अरे भई, मैं कोई नेता-वेता नहीं। बख़्शो मुझे।"

"अरे, आप ही हमारे नेता हैं। बोलिए, भारत माता की जय।"

"अरे यार क्यों बोलूँ?"

"बोलना तो पड़ेगा ही। कैसे नेता हैं आप, देश को अपनी माँ बोलने में शरम आती है क्या? बोलिए, भारत माता की जय।" मेरी बाँहों पर कोई पकड़ मज़बूत होती जान पड़ी।

मैंने कह दिया, मरी हुई-सी आवाज़ में, "भारत माता की जय।"

"अरे, ज़ोर-से बोलो, भारत माता की जय।"

मेरे मुँह से फिर मरी हुई-सी आवाज़ निकली, "भारत माता की जय।"

"अरे, ये कैसा नेता है? इसमें तो दम ही नहीं। इसकी तो आवाज़ ही नहीं निकल रही।" उनमें से कोई बोला।

"अरे देखो, नेता की जेब में कितने पैसे हैं?"

"अरे रे रे... क्या कर रहे हो?" मैंने ज़बर्दस्ती जेब में हाथ डालते उस आदमी को रोकना चाहा, पर मेरा हाथ तो किसी और के हाथ में था।

जेब में से दस रुपये का एक नोट निकला। पसीने से पूरी तरह भीगा हुआ नोट। और कुछ काग़ज़।

"अरे ये देखो, सिर्फ़ दस रुपये हैं हमारे नेताजी की जेब में।"

"ख़ाक नेता है यार? न आवाज़ में दम, न खीसे में माल। ख़ाली ग़म ही ग़म। बोल बम बोल बम। क्या नेतागिरी करेगा रे तू? चल हट।"

उनमें से एक ने मुझे धक्का दिया, पर पकड़े हुए लोगों ने मुझे गिरने नहीं दिया।

मेरे चेहरे के भाव लगातार बदल रहे थे। मैं रोना चाह रहा था। उस धक्के ने मेरे क़ाबू को हिला दिया।

"अरे, इस नेता को चप्पल दो।"

उनमें से कोई दो फुट की एक चप्पल ले आया। सफ़ेद रंग की। एक पैर की चप्पल।

"ये हमारे नेता का इनाम है।"

मैं उखड़ गया, "तुम्हारी माँ की आँख। भैनचो..."

मैं छटपटा गया। ख़ुद को छुड़ाने के लिए, तिलमिलाता हुआ। अपमान का ज़हर पीता हुआ।

और वे सब हँसने लगे। सारे लोग एक साथ भयंकर हँसी में डूब रहे थे। उनकी समवेत हँसी वैसी ही भयानक लग रही थी, जैसी थोड़ी देर पहले कुत्तों की समवेत भौंक।

मैं भौंचक उन्हें देखता रह गया।

"सर, सॉरी सर। दरअसल आप बन गए हैं हमारे आज के बकरा। आप मुर्ग़ा बन गए सर, हा हा हा।"

और उसने दूर वैन की तरफ़ इशारा किया। वहाँ एक आदमी टीवी कैमरा लिए बैठा था और शायद इस पूरे दृश्य को शूट कर रहा था।

"अरे सर, हँसिए, प्लीज़।"

और मुझे रोना आ गया। सच में। बुक्का फाड़कर रोने लगा मैं।

"अरे सर, सॉरी सर। ये हमारा एक टीवी प्रोग्राम है सर। आपने देखा होगा... चैनल पर। बहुत हिट प्रोग्राम है सर। आप रोइए मत।"

मैं रोए जा रहा था।

"अरे सर, थोड़ी मस्ती ले ली आपकी। थोड़ा फ़न, सर। कम ऑन सर, कम ऑन, जस्ट चिल। ओह मैन, शिट, चिल मैन चिल।"

"हाँ, मैंने देखा है आप लोगों का प्रोग्राम।"

मैं चुप होते बोला।

मैंने देखा है टीवी पर, किस तरह रास्ते पर किसी को पकड़कर अपमानित किया जाता है। उसकी ग़रीबी का अपमान, उसकी मामूलियत का अपमान, उसके पैदल होने का अपमान, उसके शरीफ़, सीधे और भोले होने का अपमान। और अपमान की उसकी मुद्राओं को हँसी के वायसओवर के साथ बेच दिया जाता है।

आप मेरा भी अपमान बेचेंगे टीवी पर। मेरा अपमान, मेरा डर, मेरी घबराहट, मेरी खिसियाहट, सब आपके लिए बिकाऊ हैं। आप पूरे देश को दिखाएँगे कि ये पैदल छाप लोग सिर्फ़ बकरे हैं, मुर्ग़े हैं, और कुछ नहीं। मनुष्य तो बिलकुल नहीं। इन्हें जब चाहो, हलाल कर डालो। टंगड़ी में सरिया डालकर भून डालो। ये उफ़ तक नहीं कर सकते।

मैं उन्हें ये सब कह नहीं पाया। उससे पहले ही वे मेरी पीठ पर थाप मारते हुए अंग्रेज़ी में चिल-चिल करते वैन की तरफ़ चले गए।

ये सब मैं सिर्फ़ सोच पाता था, बहुत-बहुत दिनों बाद, उस समय तो मैं अपने आप से भी कुछ नहीं कह पा रहा था। सिर्फ़ ठगा-सा खड़ा था। किसी ने मेरी मासूमियत, मामूलियत, अबोधत्व की मस्ती ले ली थी सरेराह और उसे टीवी पर प्रसारित किया जाएगा, यह अहसास ही मुझे शर्म से गाड़ रहा था। जैसा कुत्तों के पीछे पड़ने का अहसास। क्या मेरे पूरे समय में सिर्फ़ एग्ज़ीक्यूटिव, मैनेजर, दुकानदार और आवारा कुत्ते ही भरे पड़े हैं?

वे सब हँस रहे थे। ख़ुश थे।

उन्होंने अपने चैनल के लिए एक और सेलेबल कैप्सूल बना लिया था।

मैं उन्हें गीली आँखों से, जाता हुआ देख रहा था, खिलखिलाते हुए, उछलते और एक-दूसरे को तालियाँ देते।

जैसे कोई मुझे ऊपर से नीचे तक लूट ले गया था, कंगाल बना गया था।

अष्ट चिरंजीवी

प्लेटफार्म पर हमेशा की तरह भीड़ थी और मुझमें ट्रेन में दौड़कर चढ़ जाने की हिम्मत की कमी। ये दोनों चीज़ें साथ ही रहती हैं। मैं लगातार यह महसूस कर रहा हूँ कि मैं डरपोक होता जा रहा हूँ और इस बात का अहसास मैं किसी को होने नहीं देना चाहता। इसीलिए अपने चेहरे पर सयानों वाली एक तटस्थता मैं हमेशा धारण करता हूँ।

अचानक एक धक्का मुझे भीड़ के एकदम बीच खड़ा कर देता है। मैं ट्रेन के भीतर हूँ, पर अन्दर से भी प्रतिरोध की वैसी ही लहर आ रही है। मैं लोकल में बहुत भीतर तक नहीं जा पाता। दरवाज़े के पास ही अटककर रह जाता हूँ। मैं चारों ओर चेहरा घुमाता हूँ। सिर्फ़ हत्थों से लटके हुए हाथ नज़र आते हैं। बीच-बीच में कुछ चेहरे भी दिख जाते हैं। ये सारे चेहरे उस एग्ज़ीक्यूटिव के हैं।

मेरा पसीना बढ़ने लगता है और दिमाग़ के किसी कोने से एक चक्कर निकलता है और पूरे बदन पर छाने लगता है। मैं घबराकर वहीं बैठ जाता हूँ। पैरों के जंगल के बीच किसी बच्चे-सा। या किसी पिग्मी-सा।

लोग कहते हैं कि मैंने बहुत शराब पी रखी है। उन्हें किस चीज़ की बू आ रही है? क्या मेरी गोमूत्र वाली पसीने की गन्ध शराब की गन्ध में ट्रांसलेट होकर उन तक पहुँच रही है? मैं अपने नाम दी जाने वाली गालियाँ सुनता हूँ।

"इसको हटाओ यहाँ से। एक लात लगेगी, तो सीधा नीचे जाएगा ये।"

मैंने इतना-भर सुना। कुछ लोग मुझे उठाकर अविश्वसनीय तरीक़े से भीतर ले गए। इतनी भीड़ चीरना मेरे बस का नहीं था। वहाँ किसी को उठाकर मुझे बिठा दिया गया। मुझे बेहोशी के उस आलम में दुनिया एक ख़ूबसूरत बुनावट लगी, एक छोटे सफ़ेद रूमाल पर कोमल हाथों से की गई फूलदार महीन बुनावट, जिसमें चक्कर खाए एक आदमी को तमाम गालियों के बाद अब भी बैठने की जगह दे दी जाती है। जिस हिसाब से मुझे चक्कर आ रहा था, उस तरह से मुझे अब तक मनों वज़नी नींद के नीचे दब जाना चाहिए था, लेकिन मैं आँखें फाड़-फाड़कर आसपास की हर चीज़ को देखना चाहता था। दृश्य थोड़ी-थोड़ी देर के लिए ग़ायब हो जाते थे। शायद मैं एक जाग और एक नींद के बीच झूल रहा था। जिस तरफ़ झुक जाता, उसमें चला जाता था। मेरे बग़ल में साठ से ज़्यादा का कोई पुरुष बैठा था और अपनी उम्र के ख़िलाफ़ चैन की ऊँघ में था। उसके बाल सफ़ेद थे। मूँछ तक के। आँखों पर चश्मा चढ़ा था और हाथ में आठ आने का चारपेजी अख़बार था, जिसमें कोई भी ख़बर छह लाइन से ज़्यादा नहीं होती और जिसमें आधे पेज से भी बड़ी वर्गपहेली होती है। वर्गपहेली भरी हुई थी और अख़बार इस तरह मुड़ा हुआ था कि वह बच्चे की पॉटी पोंछने या समोसा दाब देने के सनातन उपयोग को उद्यत था। वह सज्जन अपनी ऊँघ में बार-बार मेरे कन्धे पर आ धमकते थे। उनके वज़न से मुझे घबराहट होती और मैं पूरा एक ओर को झुक जाता। मेरे झुकने से मेरा बग़लवाला भी झुकता है और प्रतिक्रिया में कन्धे से एक गहरा धक्का मेरी ओर मारता है। हम सब वापस सीधे होते, पर थोड़ी ही देर में सफ़ेद मूँछ वाले सज्जन फिर मुझ पर धमकते और एक तरफ़ झुकने, फिर सीधे होने की प्रक्रिया फिर शुरू होती।

मैंने उन सज्जन की सफ़ेद मूँछ को चुटकी में दबाया और इस तरह मूँछ पकड़कर सज्जन को सीधा कर दिया। मूँछ के बालों में खिंचाव के कारण उन्होंने आँखें खोल दीं और बदतमीज़ कहकर दूसरी तरफ़ सिर करके सो गए।

पहले मुझे हैरत हुई कि यह मुझसे लड़ा क्यों नहीं। फिर मुझे ख़ुशी हुई कि यह मुझसे नहीं लड़ा।

क्या पता, मैं उसे दबा देता या उससे दब जाता।

मेरी ज़िन्दगी ऐसे प्रसंगों से भरी हुई है, जिनका विश्लेषण तालीम और समझ के उन गहरे क्षणों में ही किया जा सकता है। मुझे दुनिया एक ख़ूबसूरत बुनावट लग रही थी और मैं मासूम ऊँघ में खोए एक मनुष्य की मूँछों को खींच रहा हूँ।

क्या यह दुनिया सिर्फ़ उन्हीं को ख़ूबसूरत लगती है, जो निर्दोष, निरीह और हर क़िस्म का झगड़ा टालने वालों की मूँछों को खींचा करते हैं?

क्या यह ख़ूबसूरत अहसासों का कम्फर्ट लेवल है, जिसमें मैं किसी की मूँछ खींचने का दुस्साहस कर सकता हूँ?

अभी यह पलटकर मुझे दो हाथ लगा देता, तो ख़ूबसूरत बुनावट का मेरा सारा अहसास हवा हो जाता।

मैं मूँछ खींचने की ग्लानि का अनुभव करने लगा।

मैं उसे जगाकर सॉरी कहना चाहता हूँ। मैं उससे यह पूछना चाहता हूँ कि उसने मुझसे झगड़ा क्यों नहीं किया? हम दोनों एक ही वर्ग के हैं, जो दोषी को अनर्गल क्षमा देकर स्वयं के श्रेष्ठ होने के अहसास से रति करते हैं।

पर मैं उसे नहीं जगा पाता।

मेरे बाईं तरफ़ बैठा आदमी अचानक उठता है। शायद उसका स्टेशन आने वाला है। मैं बला की फुर्ती के साथ, लकड़ी की सीट से बिना पिछवाड़ा उठाए, खिसककर उसकी जगह घेर लेता हूँ। अब विंडो सीट मिल गई है। जैसे ऑफ़िसों में हर किसी की निगाह में मैनेजर वाली कुर्सी होती है, उसी तरह ट्रेन में हर किसी की निगाह विंडो सीट पर होती है। यहाँ हवा मिलती है। दृश्य मिलता है। हाथों को एक्स्ट्रा रूम मिलता है। लत्तों से ठुँसे हुए बोरों की तरह इन ट्रेनों में, जहाँ खड़े होने पर नाक को

साँस लेने लायक़ हवा नहीं मिल पाती, विंडो सीट विलास से कम नहीं। सत्ता होती है विंडो सीट।

सत्ता का स्वाद जीभ से नहीं, पिछवाड़े से हासिल होता है। कुर्सी पर आप जीभ नहीं टिकाते।

और इस समय मेरा पिछवाड़ा विंडो सीट की सत्ता का स्वाद ले रहा है। हैंड रूम, लेग रूम, हाँफती हवा और चकराते दृश्यों को एंज्वाय करता हुआ।

गाड़ी पता नहीं, किस स्टेशन पर रुकती है और स्टेशन का नाम दिख सके, इससे पहले ही चल पड़ती है। थोड़ी देर बाद फिर रुक जाती है। बाहर अभी शाम पूरी तरह नहीं उतरी है। रोशनी बरक़रार है। हरी झाड़ियाँ यहाँ-वहाँ छितराई हुई हैं। और उन हरी झाड़ियों के बीच बहुत सारे लोग अपने प्राकृतिक आवेगों से निपट रहे हैं। उनके पीछे क़तार से झोपड़ियाँ बनी हैं। उनके आगे पानी से भरे डिब्बे रखे हैं। उनमें से कोई उठकर अपनी लुंगी बाँध रहा है। ट्रेन के रुकने के कारण कुछ शायद आधे में ही उठ गए हैं। कुछ अभी भी पूरी बेबसी या निर्लज्जता के साथ उसी अवस्था में बैठे हैं। शायद इससे अगला डिब्बा लेडीज कंपार्टमेंट है।

वहाँ कुछ कुत्ते दौड़ रहे हैं। मैं पहचान लेता हूँ, ये नेटवर्क वाले कुत्ते हैं। लोग निपटान के समय ट्रेन से ध्यान हटाकर अपने मोबाइल पर लगाते हैं। कोई कान पर साट बतिया रहा है, तो कोई शायद गेम खेल रहा है। या इस समय अपनी फ़ोनबुक में किसी को तलाश रहा है।

मैं बैठे-बैठे खिड़की से झाँकता हूँ। दरवाज़े पर लटके लोग साफ़ दिख रहे हैं। ये बड़े विचित्र लोग हैं। व्यवस्था की किसी भी गाड़ी में इन्हें फुल एंट्री नहीं मिल पाती। ये हमेशा दरवाज़ों पर लटकने को अभिशप्त रहते हैं। ये अन्दर जाना चाहते हैं, पर अन्दर के लोग लगातार एक प्रेशर बनाते हैं, जिससे ये बाहर ही लटके रह जाएँ। ये हर स्टेशन पर उतर जाते हैं। अन्दर वालों को उतरने देते हैं, बाहर वालों को चढ़ने देते हैं।

ट्रेन चढ़ते ही फिर दौड़कर लटक जाते हैं। इनमें अन्दर जाने की इच्छा होती है, लेकिन लगातार बाहर रहने के कारण इन्होंने अन्दर जाने की इच्छा का त्याग कर दिया है, या यह इनका विरोध है, एक क़िस्म का। तभी ये मौक़ा मिलने पर भी अन्दर नहीं जाना चाहते। क्या यही हाशिया है? क्या लटके हुए यही लोग हाशिए के लोग हैं? लेकिन ये तो बीच में हैं। न अन्दर की सुरक्षा इनका कवच है और न ही बाहर की अनिश्चितता व असुरक्षा इनका भय। हालाँकि ये किसी भी पल अन्दर हो सकते हैं और किसी भी पल किसी खम्भे से टकरा इस ट्रेन से हमेशा के लिए गिर सकते हैं। दरवाज़े पर लटकना भी सत्ता का एक खेल है। सत्ता के सन्तुलन का नट-खेल।

गाड़ी रुके हुए काफ़ी देर हो गई है। मैं दरवाज़े पर लटके हुए एक से पूछता हूँ, क्या हो गया?

वह एक हाथ से अपना गला कटने का इशारा करता है। मतलब फिर कोई इस ट्रेन के नीचे आकर मर गया।

कोई कट गया लगता है? मेरे मुँह से निकलता है।

"इसी ट्रेन के नीचे आना था स्साले को? अब आधा घंटा लेट हो जाएगी ये।"

ये आवाज़ पता नहीं कहाँ से आई थी। मैं उसे खोजने की कोई कोशिश नहीं करता। पता नहीं कितने बरसों से मैं इसे संवाद की तरह सुनता आ रहा हूँ। यह आवाज़ और ये शब्द हवा में भटकती अमर तरंगों और नाद की तरह हैं। कहते हैं कि करोड़ों साल पहले निकली हुई ध्वनियाँ भी अभी तक हवा में भटक रही हैं। हर ध्वनि हवा में भटकती रहती है। वह निश्चित सेकंड्स की अवधि तक सुनाई देती है, फिर उसका डेसिबल इतना कम हो जाता है कि नंगे कानों से नहीं सुनाई पड़ती। उसकी ऑडिटरी मर जाती है। मुझे लगता है, यह पूरा आसमान, सारी हवा, ज़मीन पर मौजूद सारी स्पेस, गूँगी हो गई आवाज़ों से भर गई है। वे आवाज़ें कुछ कहना चाहती हैं, लेकिन हम बहरे हो गए हैं।

इतनी सारी आवाज़ें कि नई आवाज़ों के लिए बिलकुल जगह नहीं। हमारी आवाज़ें मुँह से निकल ही नहीं रहीं। उनके लिए बाहर वैसे भी कोई जगह बची नहीं है।

मैं उन आवाज़ों की एक झलक के लिए पूरे डिब्बे को देखता हूँ। उनकी कोई विजुअल इमेज नहीं है।

मैं खिड़की के डंडे से सिर टिकाकर पड़ जाता हूँ।

अचानक बग़ल से एक हाथ मुझे जगाता है। मैं देखता हूँ कि हाथ में करताल लेकर सन्त ज्ञानेश्वर बैठे हैं। मैंने उन्हें उस दिन देखा था। उनके गले में फूलों की माला है। चेहरे पर दुखी कर देने वाली एक मुस्कान और हाथ में ज्ञानेश्वरी। वह मुझे ट्रेन से उतार देते हैं और अपने साथ ले जा रहे हैं। वह पता नहीं, कौन-सी दुनिया में पहुँच गए हैं और उनके पीछे-पीछे मैं भी हूँ। वह पता नहीं किस जगह जाकर पता नहीं किस पेड़ के नीचे बैठ जाते हैं। मैं उत्साहित हो गया था। मुझे लगा, वह ख़ास लम्हा आ गया, जिसमें मुझे सब कुछ साफ़-साफ़ दिखने लगेगा। यही लम्हा मेरी तालीम की रोटी-बोटी होगा। मैं एक आम मध्य-वर्गीय, जो सियासी तौर पर नादान और औसत दर्जे का शिक्षित है, तालीम के ऐसे लम्हों की बहुत क़द्र करता है।

वह मेरी तरफ़ देखते हैं। फिर कहते हैं, मैंने ज़िन्दगी में कभी विंडो सीट की उम्मीद नहीं की। मैं भी हमेशा दरवाज़ों पर लटक कर यात्रा करता रहा। मैंने हमेशा ट्रेन के भीतर घुसना चाहा, लेकिन मुझे घुसने नहीं दिया गया। हर बार भीतर से कोई धक्का आता, ताकि रास्ते में मैं किसी भी खंभे से टकराकर हमेशा के लिए गिर जाऊँ। लेकिन मुझे हमेशा अन्दर से आया हुआ कोई हाथ गिरने से बचा लेता था। शायद वे डरते थे कि मेरे गिर जाने की वजह से उनकी ट्रेन न कहीं लेट हो जाए। फिर एक दिन मैंने अन्दर घुसने की इच्छा को हमेशा के लिए त्याग दिया। मैं दरवाज़े पर खड़ा-खड़ा ही ज्ञानेश्वरी लिखने लगा। मैं चाहता था कि जितने भी लोग लटक कर यात्रा करते हैं, मैं उन सबको उनकी भाषा में ज्ञान बाँट सकूँ।

मुझे अन्दर की भाषा आती थी और बाहर की फ़िक्र थी। इसलिए मैंने ज्ञान को अन्दर की भाषा से निकाला और बाहर की भाषा में अनुवाद किया। उसे सुनकर लटके हुए लोगों ने अन्दर घुसने की इच्छा का त्याग करना शुरू कर दिया। इससे अन्दर के लोगों को भयंकर तकलीफ़ हुई। उन्हें मितली और चक्कर आने लगे थे। वे अब मुझे अन्दर खींच लेना चाहते थे, क्योंकि उन्हें लगता था, कि मैंने उनकी सारी हवा दरवाज़े पर ही रोक रखी है। वे बाक़ी लोगों को बाहर ही लटकाए रखना चाहते थे, क्योंकि उनसे उनकी हवा को ख़तरा नहीं होता था शायद। मैं भीतर नहीं जाना चाहता था। पर भीतर से कोई धक्का आया और मैं एक खंभे से टकरा गया। मैं गिर गया, उस ट्रेन से हमेशा के लिए बाहर हो गया। फिर उन्होंने मुझे कभी दरवाज़े तक पर नहीं लटकने दिया। वे कहते रहे, मेरा काम पूरा हो गया है। वे चौबीसों घंटे मुझसे कहते, ट्रेन में चढ़ने की मेरी हर कोशिश पर लंगी मार देते। मैंने उनसे परेशान होकर ख़ुद को ही मार डाला। उन्होंने एक गुफा के आगे बड़ा-सा पत्थर रख दिया। कहा कि मैंने सजीवन समाधि ले ली है। मेरी आत्महत्या, जिसे ध्यान से देखो, तो हत्या दिखेगी, उसे उन्होंने सजीवन समाधि कह दिया। फिर मेरी तस्वीर को उन्होंने दरवाज़े पर नहीं, ट्रेन के भीतर टाँग दिया। इस तरह बहुत ग़लत तरीक़े से उन्होंने मुझे अन्दर वाला बना दिया।

ज्ञानेश्वर ने यह पूरी कहानी एक साँस में नहीं कही थी। वह बीच में कई बार अटके थे, माथे पर बल डालकर उन्होंने कुछ शब्द तलाशे थे, कुछ भंगिमाएँ बनाई थीं, थोड़ी-थोड़ी देर के लिए ख़ामोश हो गए थे, दो-एक बार गीली हो रही आँखों को सूखने का मौक़ा दिया था और कई बार आसमान की तरफ़, कई बार सामने मैदान की तरफ़ देखा था। वह मैदान, जहाँ नेटवर्क का कुत्ता अब भी दौड़ रहा था। कई बार तो उनके होंठ तक नहीं हिले थे। ऐसा लगता था, जैसे सैकड़ों साल पहले हवा में छोड़ी गई कोई आवाज़ अपनी ऑडिटरी आज जाकर पा सकी थी, जब छोड़ी गई थी, तो उस आवाज़ के फाइल इन्फो में आज की तारीख़ और

समय पर सुने जाने की एंट्री कर दी गई थी, या ऐसी कोई एंट्री थी ही नहीं। वह तो सैकड़ों सालों से किसी कंपैटिबल एंटेना की तलाश में अब भी अपने सुने जाने और कहे जाने के इन्तज़ार में भटक रही थी। या वह बाई डिफाल्ट ऐसी ही थी।

मैं कुछ नहीं बोला। मेरी आवाज़ तो हज़ारों-लाखों साल पहले ऑडिबल नहीं रह गई थी। मैंने हवा में ठुँसी हुई कई ऑडियो इमेजेस को देखा। वे अब दिख रही थीं। वे सारी इमेजेस दरवाज़ों पर लटके हुए लोगों की थीं। गूँगी आवाज़ों की इमेजेस।

तभी पीछे से वही आठ लोग दिखाई पड़े। वही आठ, जिनके बारे में ज्ञानेश्वर ने पिछली बार बताया था। वे अष्ट चिरंजीवी थे। मैं उनमें से हनुमान और अश्वत्थामा को पहचान रहा था। बाक़ी को नहीं। वे अजीब-सी हरकतें करते हुए बौद्ध लामाओं की तरह क़तार में चल रहे थे।

फिर भी, मैं बहुत क़िस्मतवाला हूँ, जो सजीवन समाधि ले सका। ज्ञानेश्वर आगे कहते हैं, उनको देखो, वे अष्ट चिरंजीवी हैं। कभी नहीं मर सकते। वे भी हमेशा दरवाज़ों पर लटके रहे। अन्दर वालों ने उनसे कहा कि तुम दरवाज़ों के रक्षक हो और उन्होंने मान लिया। वे तब से इसी गुमान में भटक रहे हैं कि वे दरवाज़ों के रक्षक हैं। उन सबने अपने समय के सच को जान लिया था, लेकिन उनमें से कोई लटके हुए लोगों को नहीं बता पाया कि अन्दर जाना उनका अधिकार है। और अगर ट्रेनें ठुँसी हुई हों, तो अपने लिए नई ट्रेनें पा लेना भी। बस, यहीं उनकी आवाज़ की ऑडिटरी खो गई। और वे भटकने लगे। जैसे हवा में आवाज़ें भटका करती हैं। उन्हें सज़ा भी मिली। यह सज़ा भी अन्दर वालों ने ही दी। जो सच को जान लेता है, उसे सज़ा मिलती है। इन्हें ज़िन्दगी की सज़ा मिली। मृत्यु ही मुक्ति है। जीते रहना अपनी सज़ा को एक्सटेंड करवाते रहना मात्र है।

मैंने देखा, अष्ट चिरंजीवी क़तार से गड़बड़ा गए थे। छितरा गए थे। मोबाइल नेटवर्क वाला कुत्ता उन्हें देखकर बेतहाशा भौंक रहा था।

वे इधर-उधर हो रहे थे। शायद इस समय वे उसी आभास से गड़ रहे हों कि उनके पीछे कुत्ता पड़ा, क्योंकि वे इसी लायक़ हैं। लियाक़त का यह अहसास बनी-बनाई किसी भी क़तार को गड़बड़ाने के लिए पर्याप्त होता है।

मैं ज्ञानेश्वर के गले से फूलों की माला उतार रहा था। शायद इनकी सुगन्ध से मेरे पसीने में बसी गोमूत्र की गन्ध हट जाए।

डिल्डो

उस दिन मैं कैसे घर पहुँचा, नहीं जानता। कई दिन ऐसे गुज़रे हैं, जब मैं कैसे घर पहुँचता हूँ, कैसे घर से निकलता हूँ, कैसे चलता हूँ और कैसे रुक जाता हूँ, कैसे नींद में जाता हूँ और कैसे जाग में लौटता हूँ, पता नहीं चल पाता। कौन-सा लम्हा नींद का है, कौन-सा लम्हा स्वप्न का है, किसे मैं सच मानूँ, किसे झूठ, नहीं जान पाता। मैं एक अनवरत दौड़ का हिस्सा हूँ बस। दौड़े जा रहा हूँ, दौड़े जा रहा हूँ, चुपचाप खड़ा हूँ, लेकिन लगता है, ज्यों दौड़े जा रहा हूँ।

मैं डायनासोरों से बच निकला,
मैं इगुआना छिपकलियों से दूर ही रहा,
मैंने ड्रैगनों की मुखाग्नि को छका दिया,
पर जिन्होंने मुझे दौड़ाया,
वे कुत्ते थे।

जीवन में दो ही रूप होते हैं—एक जीवात्मा है, एक परमात्मा। जो दौड़ रहा है, वह भी वही है, जो दौड़ा रहा है। दौड़ रहे और दौड़ा रहे को एक दिन आपस में मिल जाना है। *एक तत्त्व की ही प्रधानता, कहो उसे जड़ या चेतन।* यही अद्वैत है। जीवन अद्वैत के सिवा और क्या है। मृत्यु भी अद्वैत ही है। यह बाज़ार और यह ग्राहक दोनों एक ही हैं। दोनों को एक-दूसरे में डूब जाना है एक दिन। शिव और शक्ति भी एक ही हैं।

शक्ति के बिना शिव शव हैं। ग्राहक के बिना बाज़ार शून्य है। शिव अपनी शक्ति की उत्पत्ति स्वयं करते हैं। साँख्य कहता है, शिव तत्त्व निष्क्रिय होता है। शक्ति उसकी क्रिया है। बाज़ार अपना ग्राहक स्वयं बनाता है। बैंकवाले अपना कार्ड ख़ुद बेचते हैं। ख़ुद आकर लोन दे जाते हैं। ऐसे वह अपनी शक्ति बनाते हैं। यानी बाज़ार ही शिव है।

हर आदमी एक ब्रांड है। कोई दीवालिया होता ब्रांड, तो कोई पावर ब्रांड। अहं ब्रांडास्मि!

हालाँकि पावर पर्सुअल और डेप्रीवेशन भी एक ही हैं। अद्वैत।

जब मैंने बाबा को यह बात बताई थी, तो वह मेरा मज़ाक़ उड़ा रहा था। उसने पूछा, "किस झाड़ के नीचे बैठे थे आज? मैं वहाँ जाकर अगरबत्ती लगाऊँगा।"

मैं चुप ही रहा।

"अरे भाई, ज्ञान प्राप्त हो गया है तुम्हें। इस ज्ञान के लिए शंकराचार्य कितना भटका था। शिव को पटाने के लिए शिवसहस्त्रनाम बोला उसने। लक्ष्मी को पटाने के लिए कनकधारा। फिर दुर्गा को भी क्षमास्तोत्र से पटाया। लेकिन तुमको तो बिना कोई स्तोत्र रचे ही ज्ञान मिल गया। बुद्ध को भी पूरी दुनिया का अपमान झेलना पड़ा था। कौंडिन्य और उसके साथी गाली देते गए थे उसे। तब जाकर मिला उसे ज्ञान। तुम तो बिना किसी प्रयास के ही ले आए इतना बड़ा ज्ञान।"

मैं फिर चुप रहा।

"ऐसी उल्टी-सीधी बातें मत करो। तुम पर शिव कुपित हो जाएँगे।"

मैंने कहा, "शिव कुपित ही हैं इन दिनों। मैं दरवाज़े पर लटकता हूँ। मुझसे शिव कुपित ही हैं। शिव यानी बाज़ार।"

"पर तुम तो शिव की शक्ति हो?"

"हाँ, वही कहा न मैंने, मैं शिव के दरवाज़े पर लटका हूँ। इससे शिव की तंद्रा भंग होती है। उनको साँस लेने में दिक़्क़त होती है। वह मुझे धक्का मारकर ट्रेन से गिरा देंगे। या तीसरी आँख खोलकर मुझे विदेह कर देंगे।

हर ब्रह्मांड में ग्यारह शिव होते हैं। हर शिव एक जैसे ही हैं। हर समाज में ग्यारह बाज़ार होते हैं। हर बाज़ार एक जैसा ही होता है। हर शिव के पास तीसरी आँख होती है, जो किसी को दिखती नहीं। हर बाज़ार के पास तीसरी आँख की तरह हिडेन वीपन्स होते हैं। हर बाज़ार विदेह करने के अस्त्र चलाता रहता है। आपको दिखता नहीं, कितने अनंग हो गए?"

"बन्द करो यह बकवास। फालतू बात कर रहे हो। न सिर न पैर। क्या मतलब है इसका? पागल हो गए हो क्या?"

"ये बकवास नहीं है सर। मुझे अपने समय का सच पता चल गया है। धर्म और बाज़ार का सच।"

"फालतू बात है। सच यह है कि तुम पागल हो गए हो। उज़बक जैसी बातें करते हो। नहीं सुननी मुझे तुम्हारी ये बातें। जाओ यहाँ से।"

"अरे सर, मैं तो अपना ज्ञान शेयर कर रहा हूँ। आप ही तो कहते हैं—नॉलेज इज़ टु बी शेयर्ड। यही है नॉलेज लीडरशिप। अपनी बातें सुना रहा हूँ सिर्फ़ आपको।"

"तुम पैसों का इन्तज़ाम करो और पिंड छुड़ाओ क्रेडिट कार्ड वालों से। तुम पागल हो जाओगे इस तरह।"

मैं तैश में आने लगा। बाबा अब मेरा अपमान कर रहा है।

"सर, वो तो कर लूँगा मैं। पर पागल नहीं हुआ। इस पूरे समय को देखकर यह थ्योरी बनी है मेरी। जब शिव का कॉन्सेप्ट बनाया जा रहा था, तब उसका हिडेन प्रॉस्पेक्ट था ये बाज़ार। और उसे सहन करने के लिए, आत्मसात कर लेने के लिए यह पूरा धर्मशास्त्र रचा गया।"

"शटअप यार। तुम्हें कुछ पता है नहीं, बस बोले जा रहे हो। नहीं सुनना मुझे।"

"कैसे नहीं सुनेंगे मुझे? मैं भी तो आपको सुनता रहा हूँ। आपके सपने में आने वाला चे, गांधी, आपका रोना, सब सुनता रहा हूँ। उस समय तो आप ही मेरे सामने रो-रोकर कहते थे कि इन बातों को कोई नहीं समझ सकता।

मैं समझता था आपकी बातें। अब आप मेरी बातों को सुनने से इंकार कर रहे हैं?"

"हाँ, नहीं सुननी मुझे। वे फालतू बातें थीं। उस वक़्त मुझे ज़रूरत थी किसी को सुनाने की। पर अब मुझे ज़रूरत नहीं कि तुम्हें सुनूँ मैं।"

"मैं डिल्डो हूँ क्या आपके लिए? जब आपका मन हुआ, इस्तेमाल कर लिया, जब नहीं हुआ, तो फेंक दिया? मेरी कोई इच्छा नहीं कि आपको सुनाऊँ?"

"हाँ, तुम डिल्डो ही हो। सिर्फ़ डिल्डो। तुम्हारी पूरी क़ौम, जमात, जात, बात—सब डिल्डो हैं। तुम्हारी ग़रीबी डिल्डो, तुम्हारा आँसू डिल्डो, तुम्हारा प्यार डिल्डो, तुम्हारा साथ डिल्डो। तुम्हारी आस डिल्डो, तुम्हारी बकवास डिल्डो। तुम्हारा दुख, सुख सब डिल्डो हैं। जब मेरी मर्ज़ी होगी, यूज़ करूँगा। याद रखना, डिल्डो की कोई मर्ज़ी नहीं होती। उसका अपना कोई लिबिडो नहीं होता।"

मैं फिर उठकर बाबा के सामने से भागा। मैं आज अकेला पड़ गया था। सीधे मंगल की चाय की दुकान पर पहुँचा। वहाँ तक पहुँचने से पहले मैं बुरी तरह रो रहा था। मुझे लगा था, बाबा कुछ भी हो, कितना भी बुरा हो, कम से कम वह तो मेरी बात सुन लेगा। भले वह मेरी कोई मदद न कर सके, लेकिन शराफ़त के दो बोल तो बोलेगा। पर उस दिन ऐसा कुछ नहीं हुआ था।

उस समय भी मैं उसी स्थिति में था कि कुछ पता न चल पाए। अब भी उसी स्थिति में हूँ।

मैं एक आग का गीत गा रहा था। वह आग जो शहरों को जला देती है, किताबों को फूँक डालती है, प्यासे लोगों के होंठों को झुलसा देती है। मैं उसी आग के गीत गा रहा था। मैं उस आग की चमक की ओर खिंचा चला गया था। अब वह आग पलटकर मेरी ओर लपट फेंक रही थी। और मैं बचता-बचाता यहाँ-वहाँ भाग रहा हूँ।

इस लज्जित और पराजित युग में भला मैं कहाँ से ले आऊँ वह दिमाग़, जो आदतन ख़ुशामद नहीं करता। पर लोगों को सिर्फ़ वही पसन्द है।

जिस समय मैं बाबा की ख़ुशामद करना बन्द करता हूँ, थोड़ा-सा अपनी निर्धनता के बारे में सोचता हूँ और उसके बदले कुछ चाहता हूँ, तो वह पाला बदल लेता है। जिस समय वह मज़दूरों का युग न आने पर रोता है, उसी तरह वह इस होंठों को गोलकर सीटी बजाते हुए कुछ लोगों को छाँट देता है। फिर हँसता है। भयानक हँसी। जिससे एक हिलोर इधर से आती है, एक हिलोर उधर से आती है और सब कुछ डरावने में तब्दील होकर रह जाता है। मेरे पास ख़ालिस अपनी निर्धनता है। अपनी बेबसी। अपनी इच्छाएँ हैं और अपनी माँग है, जिसकी कोई सुनवाई नहीं। *मैं कहाँ से लाऊँ वह निर्धनता, जो अपने बदले में कुछ नहीं माँगती।*

ये कैसी बेबसी है। इस बारे में कोई कुछ बोलता क्यों नहीं? कोई कुछ सोचता क्यों नहीं? क्या ऐसा दिन आएगा एक दिन कि किसी की कोई राय न होगी। क्रोध होगा, पर कोई विरोध नहीं होगा। जब क्रोध होगा, तो हम भागकर अपने अंधियारे में छुप जाएँगे और उसके शान्त होने पर दोबारा इसी रोशनी में आकर छुपमछुपाई खेलेंगे? सिर्फ़ आवेदन पत्र होंगे मेरे जैसे व्यक्ति के पास? *ख़तरा होगा, ख़तरे की घंटी होगी और उसे बादशाह बजाएगा?*

बाबा जैसा बादशाह?

उस सेल्स एग्ज़ीक्यूटिव जैसा बादशाह?

पिंक पेपरों पर गहरा नीला सूट पहनकर दंतुरित पंक्तियाँ दिखाकर हँसता हुआ उद्योगपति बादशाह?

छाती पर बेस्टसेलर का मुहर लगाए सफल सोच का सफल जादू बताने वाले लीडर मैनेजर बादशाह?

यह नॉलेज लीडरशिप है, जिसमें सिर्फ़ वह नॉलेज बंटना है, जिससे बांटने वाले का कोई नुक़सान न हो...

☼

घर में फिर निढाल व्यक्ति की तरह घुसता हूँ। घुसकर शराब की एक बहुत पुरानी बोतल खोजता हूँ। कपबोर्ड छान मारा है।

चीज़ों को क़रीने से रखनेवाली पूछती है, "क्या खोज रहे हो?"

"शराब की एक बोतल थी यहाँ पर।"

"वह तो मैंने भैया को दे दी थी, पिछली बार जब वह आए थे।"

"किससे पूछकर?"

"तुमने ही कहा था। इतने दिनों से तुम पी नहीं रहे थे, तो मुझे लगा, अब नहीं पियोगे। तुमसे ही पूछा था। फिर भैया ले गए उसे।"

"पूरी बोतल?"

"हाँ। अब कटोरी में तो लेके जाने से रहे।"

मैं पलंग पर ढह जाता हूँ।

एक बहुत लम्बी, तलब से मीलों लम्बी, सिगरेट पीना चाहता हूँ। इतना लम्बा कश कि सधा हुआ दम उसाँस के साथ बाहर निकल जाए।

डिब्बी में सिर्फ़ एक सिगरेट बची है।

ऐश-ट्रे देखता हूँ। उसमें कई अधपिये टुकड़े हैं। और पूरी रात सिर पर खड़ी है।

घर में घुसकर

वे सामने खड़े थे।

पायजामे के भीतर मेरी टाँगें काँप रही थीं। इस कँपकँपाहट को पायजामे के बाहर कोई नहीं देख सकता।

रात बहुत ख़राब गुज़री थी। अच्छी गुज़रने की कोई उम्मीद भी नहीं थी। पहले तो सिगरेट नहीं। टोंटियों में भी स्वाद नहीं। पोर-भर की टोंटी जलाने में बार-बार होंठ जल जाते। फिर कभी बाबा आकर तंग करता, कभी सन्त ज्ञानेश्वर आकर शिकायत करते कि उन्हें भी नींद नहीं आ रही। मुँह खोल कर सोने वाली पास में सो रही थी। कँखौरी से गोमूत्र की गन्ध वैसे ही आ रही थी। गर्मी के कारण मैंने टी-शर्ट भी उतार रखी थी। हाथ को माथे पर रखने से कँखौरी उघड़ जाती और बू का भभूका नाक में घुस जाता। मन करता, कँखौरी को काटकर बदन से अलग कर दूँ। यही वह जगह है, जो हमेशा पसीने का गोदाम बनी रहती है।

फिर दो बार उठकर नहाया। फिर इसी चक्कर में सुबह हो गई। फिर बुख़ार आ गया। फिर जीनियस वाला सिरदर्द भी परेशान करने लगा। फिर नींद और दूर चली गई। फिर पैसों के बारे में सोचने लगा। फिर... फिर...

पता नहीं, कब सोया था और कितनी देर के लिए। सुबह उठाने वाली कन्धों को धीरे-धीरे हिला रही थी। कह रही थी कि कुछ लोग आए हैं, मिलना चाहते हैं।

मैं हड़बड़ाकर उठा। साढ़े दस बज चुके थे। आज फिर ऑफ़िस रह गया।

मुँह धोकर बाहर आया, तो वे चार लोग बैठे हुए थे। उन्हें देखते ही समझ में आ गया कि ये बैंक से आए हैं। उनमें वह एग्ज़ीक्यूटिव नहीं था। उसी दिन बोल गया था कि आगे मैं नहीं आऊँगा। उसके बन्दे आएँगे।

जब उन्होंने अपने मुँह से कहा कि वे उसी बैंक से आए हैं, तो मेरी टाँगों ने पायजामे के भीतर काँपना शुरू कर दिया।

"जी, बोलिए।" मैं औपचारिक हो गया। चाय बनाने वाली को इशारा किया।

उनमें से एक लीडर था। ऐसा मैं उसके बोलने से ही समझ गया। जब वह बोल रहा था, तो बाक़ी के तीनों सिर झुकाए बैठे थे। लीडर अलग कुर्सी पर बैठा था। बाक़ी तीनों फॉलोअर तीन वाले सोफ़े पर।

"आप फलाँ फलाँ नम्बर का क्रेडिट कार्ड इस्तेमाल करते हैं?"

"करता था। अब वह एक्सपायर हो गया है।"

"आपने उसकी क़िस्तें पूरी नहीं भरी हैं। आपको बैंक की तरफ़ से इन्फॉर्म कर दिया गया है न?"

"हाँ, जल्द ही भर दूँगा।"

"आपको तो दो दिन पहले तक का समय दिया गया था। ख़ुद आपने ही माँगा था इतना समय?"

"हाँ, पर कुछ ज़रूरी कामों की वजह से इन्तज़ाम नहीं हो सका।"

"मुझे ज़्यादा घुमा-फिराकर कहने की आदत नहीं है, पर अगर आज आपने पैसे नहीं दिये, तो हमें मजबूरन एक्शन लेना पड़ेगा।"

"पर मेरे पास आज नहीं हैं पैसे। जल्द ही भर दूँगा। आप चिन्ता न करें।"

"सर, मैं भी नौकरी करता हूँ। आपकी बात मैं मान लूँगा, पर मेरा बैंक नहीं मानेगा। वे काग़ज़ बोलते हैं, काग़ज़ सुनते हैं, काग़ज़ खाते हैं, काग़ज़ हग..."

रुककर उसने किचन की तरफ़ देखा। वहाँ परदा लगा हुआ था।

खें-खें कर हँसने लगा।

"ठीक है आपकी बात, पर मेरे पास आज नहीं हैं। मैंने आपके फलाँ एग्ज़ीक्यूटिव को बता दिया था। वह राज़ी भी हो गया था कि दो-चार दिन आप और ले लें भले।"

मैंने चालाकी से झूठ कहा। वे चारों एक-दूसरे का चेहरा देखने लगे।

"वह ऑफ़िस में आया था मेरे। उसे बता दिया था मैंने कि क्या प्रॉब्लम है मेरे साथ। अब पर्सनल प्रॉब्लम्स को हमेशा बताते रहना अच्छा भी नहीं लगता।"

मैंने एक और वार किया।

वे चुप हो गए। उन्होंने इसकी उम्मीद नहीं की होगी।

"मेरी समझ में नहीं आ रहा है कि फिर आप लोग कैसे आ गए? उनसे बात हो गई थी मेरी। क्या, मैनेजर हैं न वह आपके? उनके कार्ड में तो यही लिखा है।"

मेरी टाँगों की कँपकँपी बन्द हो गई। आँखों में हल्की चमक आ गई।

उसने फाइल निकालकर कुछ देखा। फिर मोबाइल में कोई नम्बर तलाशने लगा।

"पर काग़ज़ में तो ऐसा कुछ लिखा नहीं? और आते समय ज़ुबानी बात भी हुई थी उनसे... आप कहें, तो फ़ोन कर लूँ उन्हें?"

मैं कुछ बोलता, उससे पहले ही उसके साथ आया एक आदमी बोला, "सरजी, जे ऐसे नहीं सुणेगा। काण के नीचे दो पड़ेंगे, तभी सिद्दा होगा जे।"

मैंने इसकी उम्मीद भी नहीं की थी।

लीडर उसे शान्त कराने लगा। जेंटलमैन की तरह... "बाबू... जेंटलमैन। सर जेंटलमैन हैं न? तुम भी जेंटलमैन रहो।"

"ओए नहीं सरजी, दो हाथ का भी ना है जे तो। एक में लमलेट जाएगा... बोलो तो रक्खी देवें... आपै सारा पैसा निकालकर धर देवेगा टेबल पर..."

"चुप कर बाबू। चुप। शान्त। एकदम शान्त।"

"शान्त क्या सरजी... इतना टैम थोड़े है... घणे लोग देखें सै..."

"चुप हो जा।"

मैं मुँह फाड़े उन्हें सुनता रहा। उन तीनों की मुद्रा से लग रहा था कि अब वे मुझे पीट देंगे। और चौथा उन्हें शान्त कराना चाहता था।

"कोई ड्रामा है?" मेरी ज़ुबान सूख रही थी, फिर भी मैं बोला, "क्या बात है? पीटना चाहते हैं मुझे? आइए। मुझे पीटकर आपके पैसे मिल जाएँ, तो अच्छा। देख लीजिए यह तरीक़ा भी। वैसे भी, आप लोगों ने जीना मुहाल कर रखा है। अक़्ल घास चरने गई थी मेरी, जब कार्ड लिया था। वह भी मैंने नहीं लिया था, ज़बर्दस्ती पकड़ाकर गया था वह, उस पर एहसान ही किया था..."

"सर, पर ख़र्चा तो आपने ही किया, उसने थोड़े किया?"

"हाँ, तो वही बोल रहा हूँ, भर दूँगा। बी जेंटलमैन।"

"तेरी तो... दूसरा खड़ा हो गया हाथ तानकर। झपटा मेरे ऊपर। पर बाक़ी के लोगों ने उसे पकड़ लिया।"

"ये क्या तरीक़ा है जी? गुंडागर्दी करने आए हैं आप लोग? मैं अभी पुलिस को फ़ोन करता हूँ।"

"यहीं मारके गाड़ देंगे तुझे, पुलिस-पुलिस करता है। बैठ चुपचाप।"

बोलते-बोलते मैं खड़ा हो गया था। उसने चिल्लाकर मुझे बैठने को कहा।

"घर में भी मारूँगा और बाहर चौराहे पर भी। साले, पैसे चुकाने की औक़ात नहीं और पुलिस की बात करता है। बुला पुलिस को, बुला। मैं भी देखूँ, कितनी चलती है तेरी पुलिस में?"

यह लीडर था। अब तक उस पहलवान को चुप करा रहा था, अब ख़ुद ही रंग में आ गया। मैं उसे देखता रह गया।

"देखिए भाईसाहब, शरीफ़ों का घर है ये, शराफ़त से पेश आइए। पैसे ही हैं न? जान ले लेंगे क्या आप लोग बदले में?" यह बोलते हुए चाय बनाने वाली बाहर आ गई थी।

"भाभीजी, शराफ़त की बात इन्हें समझा दीजिए। हमारे पल्ले नहीं पड़ती। सीधी-सी बात है, पैसे रख दीजिए, वरना एक्शन के लिए तैयार रहिए।"

"क्या एक्शन लेंगे आप?" वह तमतमा गई।

"कुछ भी। कुर्की कर देंगे आपकी।"

"तो जाइए, पहले कोर्ट से नोटिस लेकर आइए।"

"इनकी माँ की... पहलवान फिर उठा।"

मैंने चाय बनाने वाली को किनारे किया। "आप अन्दर जाइए, मैं बात कर रहा हूँ न।"

वह अन्दर चली गई।

"भाई, ये बात-बात में तैश में मत आइए। कह दिया मैंने कि आपके पैसे दे देंगे हम। जल्दी ही। ये तरीक़ा अच्छा नहीं आपका।"

"देखिए सर, हमारा रोज़ का काम है हाथ-पैर चलाना, तोड़ना-फोड़ना... आपके लिए नया होगा ये... सीधी उँगली से गू नहीं निकलता... पिछवाड़े टेढ़ा करके ही डालना होता है... हमको भी अच्छा नहीं लग रहा... क्रेडिट लिया है आपने, तो दीजिए भी... वरना पंगा हो जाएगा..."

मैं चुपचाप बैठ गया। मेरे पैर ही नहीं, हाथ, होंठ, गाल सब काँप रहे थे। आवाज़ काँप रही थी। मैं कोई भी झगड़ा टालना चाहता था। किसी तरह उन्हें यहाँ से भगाना चाहता था।

"देता है या रखूँ एक..." पहलवान का हाथ मेरे माथे तक आया और पड़ ही गया।

सिर झन्ना गया। झटके में पीछे हुआ। उसके तीनों साथियों ने उसे रोक लिया। वह एक और मारने को बेचैन हो रहा था।

"बस कर बाबू। बहुत हो गया। बैठ उधर कोने में। नहीं तो बाहर जाकर बैठ।"

मेरी आँखों से आँसू आ गए। उस थप्पड़ की वजह से, उसके दर्द से, या उसके अपमान से?

"मैं अभी चिल्लाने लगूँगी, अगर आप लोग यहाँ से नहीं गए, तो... गुंडागर्दी मचा रखी है..."

"भाभीजी, सॉरी बोलता हूँ मैं... गरम दिमाग़ का है यह थोड़ा... सॉरी... सॉरी... सर... ऐ... तू बाहर जा... चल..."

"नहीं, मैं चिल्लाऊँगी... बोलूँगी कि आप लोग घर लूटने आए हैं... मेरी इज़्ज़त पर हाथ डाला है आपने... मैं अभी पूरी बिल्डिंग को उठाती हूँ..."

"बस शान्त भाभीजी... हमारा कुछ नहीं जाएगा... आपकी ही इज़्ज़त जाएगी... बिना बात के बिल्डिंग में आप ही बदनाम होओगी..."

वह चुप हो गई यह सुन।

"और फिर भी आपको शौक़ है, तो हमको आपकी इज़्ज़त लूटने में कोई एतराज़ नहीं। ये पहलवान बहुत कर चुका है ऐसा पहले..."

मैं सिर पकड़े बैठा था। मैंने चाय बनाने वाली से वहाँ से हटने को कहा, पर मेरी नज़रें उसकी ओर उठ ही नहीं रही थीं। वह कहीं गड़ रही थीं।

वह दीवार से सिर टिका सुबकने लगी।

"बस, अब नो मोर ड्रामा। सर, नीचे नीले कवर में एक स्प्लेंडर खड़ी है, पचपन ग्यारह। आपकी ही है न?"

....

"बोलिए सर, आपकी ही है न?"

....

"आपकी ही है। पता है हमको। सारे रिकॉर्ड जमा कर लिए हैं आपके। चवालीस हज़ार की थी, रीसेल वैल्यू है बीस हज़ार के आसपास। एक बार सॉलिड ठुक चुकी है। तब आपको इंश्योरेंस भी नहीं मिला था... है न? चाभी दे दीजिए। पहलवान उसको यहाँ से इज़्ज़त से ले जाएगा।"

"पागल हो गए हैं क्या आप लोग?"

"नहीं सर, बहुत इज़्ज़त से बोल रहा हूँ, आपकी इज़्ज़त भी कर रहा हूँ, इज़्ज़त से ले जाने दीजिए, बिना मतलब ज़बर्दस्ती करेंगे, तो इज़्ज़त आपकी ही ख़राब होगी... हमारा क्या, हमारा तो रोज़ का काम है..."

मैं अपनी जगह से हिल भी नहीं पाया।

"सर, तीस आपको अभी भरने हैं। पूरा मिलाकर आपने सत्तर-अस्सी हज़ार से ज़्यादा भरना है। बीस की बाइक निकलेगी, फिर भी आपको दस तो अर्जेंट में भरना ही होगा... सर हम एक साथ पूरा नहीं माँग रहे... आप तीस दे दीजिए... बाक़ी हर महीने देते रहिएगा... नहीं तो बाइक हमारी... सात दिन हमारे पास रहेगी... एकदम सेफ़... आप पैसे लेकर आ जाओ, बाइक लेकर जाओ... सात दिन के बाद उसको बेच देंगे हम... और बाक़ी के दस हज़ार..."

वह कमरे में यहाँ-वहाँ देखने लगा।

"टीवी है, फ्रिज है, कंप्यूटर भी है... इनको लेकर जाएँगे... इनसे पूरा कर लेंगे... तब हमारा काम ख़त्म... फाइन के पैसे पूरे हो गए, तो रिकवरी डिपार्टमेंट की जिम्मेदारी पूरी... फिर बैंक वाले निपटें..."

"बोलो सर... दे दो चाभी।"

मैं अभी भी बैठा ही था। दरअसल, मुझे कुछ समझ में ही नहीं आ रहा था। वह किस भाषा में क्या बोल रहा था, पल्ले नहीं पड़ रहा था। बस, बार-बार लगता, अब वह एक हाथ और मारेगा मुझे। मैं बार-बार अपना सिर सँभालता, उसके हाथ के ज़रा इशारे-भर से सावधान हो जाता।

तभी टेबल पर छन्न से चाभी गिरी। चाय बनाने वाली ने टेबल पर उनके सामने फेंक दी थी।

"ले जाओ कुत्तो... ले जाओ..." वह दाँत पीस रही थी।

"थैंक्यू भाभीजी..." उसने चाभी उठा ली।

"सर, अब एक तकलीफ़ और, नीचे तक चलिए हमें छोड़ने... अगर कोई देखे, तो लगे, आपने ही बिठाया है पहलवान को..."

मैं उठा और नीचे चल दिया।

उसने चलते-चलते हाथ जोड़े, "नमस्ते भाभीजी..."

यह किसी फूहड़ फ़िल्म के फूहड़ विलेन जैसी फूहड़ हरकत थी। फ़िल्मों में देखे थे अब तक ऐसे सीन। फ़िल्में और ज़िन्दगी एक हो गई हैं क्या?

"सर, चलिए..."

"थारी बेटी तो घणी चिकणी है... बिब्बी से भी घणी..."

पहलवान दीवार में लगी तस्वीर देख रहा था।

"ऐस नूं कित्थे इन्हवेस्ट कर दे... लाख-डेढ़ लाख तो इसी उमर में मिळ जावेंगे... और दस साल बाद तो घणी जवाण हो जावेगी छोरी... खूब चलेगी... फेर छपाछप... छपाछप डिबिडेंड देवेगी... मुच्चैल फंड से भी जाद्दा..."

वे सब हँसने लगे। हमारे समय के सबसे बुरे खलनायकों की तरह। हमारी फ़िल्मों के सबसे घृणित पात्रों की तरह। लपलपाती जीभ वाले तमाम पुरुषों की तरह। उनकी हँसी में पूरा बाज़ार हँस रहा था।

"चुप कर बाबू... चुप। हर बख़त..." एक बोला।

पहलवान हँसता ही जा रहा था।

"कोंट्रा फंड है थारी बेट्टी तो... बेच दे एस नूं कित्थे..."

आपको चाभी मिल गई न? अब आप लोग सीधे नीचे जाइए। मैं तमक गया।

पहलवान ने मेरा हाथ पकड़कर खींच लिया।

"चल निच्चे... खल्ली पहलवान समझ रखा है ख़ुद को तैणे..."

और वह तीन मंज़िलें मुझे पकड़कर उतारता रहा। जबर्दस्ती। सीढ़ियों भर गालियाँ देता रहा।

"नीचे उतरकर चूँ-चपड़ की, तो थारा खोपड़ा फोड़ दूँगा।"

मैंने अपने हाथ से बाइक का कवर उतारा। अपने हाथ से उसमें चाभी डाली। और पहलवान उस पर बैठ गया। बाक़ी के तीनों एक टाटा सुमो में बैठ गए।

“ओए खल्ली पहलवान... दो क्या, तू अद्धे हाथ का भी नहीं है... पैसे ला, गड्डी ले जा...”

ढुग-ढुग करती मेरी गाड़ी मेरी आँखों के सामने सड़क पर निकल गई।

न मैं गाड़ी को पहचान पा रहा था, न उसकी आवाज़ को। न उस जगह को, जहाँ मैं खड़ा था, न ही ख़ुद को।

जुन्यैली रात की याद

कटकर गिरे हुए पेड़ को देखा है कभी? सड़क किनारे पड़ा रहता है। कोई पूछता तक नहीं है। जिस पर चिड़ियाँ बैठी रहती थीं, उसे कोई कुत्ता सूँघता हुआ गुज़र जाता है। उस पेड़ की सारी पत्तियाँ, सारी डालियाँ उसके साथ एक जगह पड़ी रहती हैं।

मैं उसी तरह चिथड़ा-चिथड़ा हूँ। देखिए, बाज़ार में एक ढेर है चिथड़ों का। पर एक मैं हूँ, जिसके सारे चिथड़े, सब एक जगह नहीं हैं। कोई भयानक विस्फोट हुआ है, जिसमें मैं छितराकर गिरा हूँ। कोई चिथड़ा यहाँ, कोई वहाँ। रात को इन चिथड़ों को मैंने सिरहाने बहुत सहेज कर रखा था और सो गया था। वो मेरी धज्जियाँ कहाँ गईं? कोई खोजेगा उसे?

दुनिया-भर के चिथड़े जोड़कर लोग शान-शौकत दिखाते हैं, पर आज से मेरी यही पहचान है कि मैं चिथड़े-चिथड़े हो गया हूँ।

मुझे ज़्यादा चिथड़ों की ज़रूरत नहीं थी। उतना ही चाहिए था, जितने में मैं खुला दिखूँ।

पर वे चिथड़े भी न जाने कहाँ जाकर गिरे।

मैं उस तस्वीर के सामने आकर खड़ा हुआ, जो दरवाज़े की तरफ़ मुँह करने पर दीवार पर टँगी दिखाई देती है। जिसमें कुल जमा तीन लोग हैं। प्रिय पाठक, उस तस्वीर में मैं हूँ, मेरी पत्नी और बच्ची है।

जैसा कि इस कहानी में मैं हूँ, मेरी पत्नी और बच्ची है। यह कोई रूपक, उपमा, उदाहरण, छवि या श्लेष अलंकार नहीं है। तस्वीर में नीचे की तरफ़ पीली स्याही में डिजिटल क्लॉक की तरह समय दर्ज है। प्रिय पाठक, यह मेरा समय है और मैं इसे घड़ी में पढ़ना जानता हूँ। तस्वीर के पीछे पीले रंग का एक परदा है, पुराने काग़ज़ों के रंग का। प्रिय पाठक, यह मेरे समय का रंग है। कलर ब्लांइडनेस के इस समय का पीला, पिंक बोल दिया जाता है। सुनने में मासूम लगने वाला पिंक दिखने में वैसा नहीं है, जैसा कि पिंक सुनकर आप कल्पना कर लेते हैं, मेरे प्रिय पाठक।

मुझे दिखता है, दुबली, थकी-हारी एक छोकरी काम पर जाती हुई, कौन-से काम पर, मुझे पता नहीं चलता। पहलवान की पंक्तियाँ मेरे कानों में गूँजती हैं। दूर से उस छोकरी को आते हुए मैंने देखा, पर जितनी देर में मैंने पहचाना, वह मेरी ही बेटी थी, उतनी ही देर में कितनी बदल गई वह।

उस तस्वीर में मैं देर तक बेटाजी को देखता हूँ। उस पहलवान की बातें बार-बार मेरे कानों में गूँजती हैं।

और मैं बुक्का फाड़कर रोता हूँ।

मैं सुबकता और सिसकता नहीं, ज़ोर-से रोता हूँ। बहुत ज़ोर-से।

क्या मैं बेटाजी के लिए ऐसी वसीयत छोड़कर जाऊँगा कि उसके लिए उसे बदल जाना पड़े? कि काम से लौटकर आती हुई वह ख़ुद अपने आप को न पहचान सके?

क्या मैं ऐसे समय में हूँ कि मेरी बेटी बड़ी होकर एक स्त्री बनने की जगह एक फंड बन जाए?

मेरे गले में दर्द हो रहा है। गाल काँप रहे हैं। होंठ सूज रहे हैं।

चुप कराने वाली मेरे कन्धे पर हाथ फिराती है। मैं पलंग पर ढह जाता हूँ। तकिये में मुँह छुपाकर रोता हूँ। बह आई नाक उसकी साड़ी में पोंछता हूँ। आँख की कोर से बहकर आते हुए आँसू को कान के भीतर जाते महसूस करता हूँ।

उस तरह मैं कब सो गया, मुझे पता नहीं। सपने में मैं उन्हें बार-बार अपनी बाइक ले जाते और ख़ुद को रिरियाते देखता रहा। सपने में मैं बार-बार सन्त ज्ञानेश्वर से उनका अपराध पूछता रहा। मैं जानना चाहता था कि चिरंजीवियों ने ऐसा कौन-सा अपराध किया था, क्या था उनके समय का सच, जिसे उन्होंने जान लिया था और इस तरह भटकने को अभिशप्त हो गए, लेकिन मुझे किसी ने जवाब नहीं दिया। मैं नीम की पत्तियों को सहलाना चाहता था, उन पर अपने मग्गे से थोड़ा पानी छिड़कना चाहता था, लेकिन मेरे देखते ही देखते नीम का पौधा इतना बड़ा हो गया कि मेरे हाथों से दूर हो गया। मैं उस पौधे को पहचान नहीं पा रहा था। बहुत ध्यान से देखने पर कभी वह बबूल का पेड़ दिखता, तो भी पॉपलर या यूकेलिप्टस जैसा कोई पेड़। डहेलिया मेरे सपनों में भी अभी तक फूल नहीं दे पाया था और बेटाजी ऐसे रूप में आ गई थीं कि मैं पहचान ही नहीं पा रहा था।

उस स्वप्न में मैं और न जाने कितनों से मिला। नींद के बाहर मेरी बड़बड़ाहट साफ़ सुनी जा सकती थी। मैं बार-बार रामदास-रामदास, मोहनदास-मोहनदास, टोपी शुक्ला-टोपी शुक्ला बुदबुदा रहा था। मुझे नहीं पता, कौन थे ये लोग, और मेरे सपने का पता इन्हें किसने दिया था। मैं बार-बार गांधी, चे, ज्ञानेश्वर को भी बुला रहा था।

और मैं ऐसे डंगरिया के पास पहुँचा, जिस पर माता की सवारी आती थी। मैंने उससे पूछा कि क्या तुम्हारे सिर पर चे ग्वारा की भी सवारी आती है, तो वह और ज़ोर-ज़ोर से हबुआने लगा। उसने मुझसे कहा कि मैं तुम्हारे सारे दुखों का नाश कर दूँगा। कि दुखों से डरा मत करो कि जो दुख है, वही सुख होता है। यही अद्वैत है। तुम जिससे भागते हो, दरअसल तुम उसी के पास रहना चाहते हो। यह कहते हुए उसने बोतल से एक द्रव निकाला। गोमूत्र की गन्ध से मेरी पूरी दुनिया खड़बड़ा उठी। उसने अपने हाथ में गोमूत्र की कुछ बूँदें लीं और उन्हें मुझ पर छिड़क दिया। फिर मेरे हाथ में गोमूत्र की कुछ बूँदें रखकर बोला, पी जा। मैं वशीभूत की तरह उसे पी गया। मुझे मितली आने लगी।

उसने कहा, बड़ा पवित्तर होता है ये।

मैंने दीदी से पूछा, पवित्तर क्या होता है?

उसने कहा, भगवान!

और इस तरह मैं भगवान हो गया।

जब मैं जागा था, तब भी गोमूत्र की वह गन्ध मेरी कँखौरियों से निकल रही थी। मुझे कभी यह लॉजिक समझ में नहीं आएगा। क्या मेरी काँख में गाय रहती है? जैसे शिव के सिर पर चंद्रमा, विष्णु के पदनख में गंगा?

मैं थका हुआ, सिगरेट सुलगा रहा था। चाय बनाने वाली मुझे जागा देखकर चाय बनाने लगी। बेटाजी अपनी ड्राइंग बुक लेकर मेरे पास आईं और मैंने बिना उनकी ओर देखे वेरी गुड बेटाजी कह दिया। वह ख़ुश होते हुए वापस चली गईं। मुझे पता है, वह हमेशा एक पहाड़, उसके पीछे से उगता सूरज, सामने से बहती नदी, उसके किनारे बनी एक झोपड़ी, उसके पीछे हरियाली में खिला एक वृक्ष और उड़ते हुए कुछ परिंदे बनाती हैं।

कल को जब तुम बड़ी होओगी बेटाजी, तो हमने न जाने कौन-सी तस्वीर बना रखी होगी तुम्हारे लिए, जिसमें तुम्हें रंग भरना होगा? अपनी नहीं, दूसरों की मर्ज़ी का रंग?

बेटाजी, मुझे क्षमा करना, मैं न जाने किस समय की बुनियाद छोड़ रहा हूँ तुम्हारे लिए।

चाय बनाने वाली, मुझे क्षमा करना। तुम मेरे साथ हमेशा खड़ी रहीं, इस तरह कि कमर टूट जाए तुम्हारी, पर न जाने कैसा जीवन मैं दे पाया तुम्हें।

मेरे बाद आने वाले तमाम वंशजो, मुझे क्षमा करना। मैं तुम्हारे लिए साफ़ हवा, साफ़ पानी, रहने लायक़ ज़मीन और साँस लेने लायक़ समय नहीं बना पाया। मुझे क्षमा करना कि जो लोग हवा, पानी, ज़मीन और समय को हड़प रहे थे, मैं उनके ख़िलाफ़ न अपना क्रोध दर्ज कर पाया और न ही विरोध।

मैं क्या करता, *ख़तरा है, लेकिन ख़तरे की घंटी मेरे नहीं, बादशाह के हाथों में है।*

अब तक बाहर अँधेरा छा चुका था। मैंने बालकनी की बत्ती बुझाई और वहाँ जाकर बैठ गया। ठीक उसी तरह, जैसे मैं होंठों को गोलकर सीटी बजाते हुए अँधेरे का गीत गाता था।

वह एक ट्रे में दो कप चाय लाकर मेरे पास बैठ गई। कन्धे से कन्धा मिलाकर। मैं उसके ताप को महसूस कर सकता था।

वहाँ बैठे-बैठे हम अँधेरे में, बहुत रासायनिक तरीक़े से घुल रहे थे।

सुबह दीवार के सहारे खड़े होकर सुबकने और उसके बाद गाली देते हुए उनके सामने बाइक की चाभी फेंकने के बाद मैंने इसके मुँह से कोई शब्द नहीं सुना है।

शायद मैंने ख़ुद भी कुछ नहीं कहा है।

क्या यह मेरी नपुंसकता के प्रति इसका विरोध है? या दुख की साझेदारी है? पता नहीं।

हम देर तक वैसे ही पड़े रहे। एक-दूसरे पर झुके हुए बेआवाज़।

बहुत पहले किराए के किसी और मकान की बालकनी में इसी तरह एक-दूसरे पर झुके हुए पल को याद करते, जब मैं उसे खोल रहा था और वह सिमट रही थी, मैं खेल रहा था और वह भाग रही थी, मैंने उसे पूरे घर में दौड़ाया था और वह हर जगह से फिसल जाती थी, बालकनी में आकर वह निढाल हो गई थी और हम एक-दूसरे पर झुक गए थे।

हम देर तक अँधेरे में घुलते रहे थे, एक-दूसरे में, किसी रासायनिक क्रिया की तरह।

शायद उसी रात, हमारे घुलने से बेटाजी का आना तय हुआ था।

ऊपर आसमान में स्वर्गतारा खिला हुआ था। और कुछ नहीं था उसके सिवा। अंधकार था। वह हमारी बातें सुन रहा था।

वह उससे पूछ रही थी—स्वर्गतारा, जुन्यैली रातां कौ सुणा लो तेरी-मेरी बातां...

(हे स्वर्गतारा, इस चमकती रोशन रात में तुम हम दोनों की बातें चोरी-चोरी क्यों सुन रहे हो?)

लेकिन आज की रात कहाँ जुन्यैली है?

मैंने उस पर हाथ फिराया। पर मुझे उस वक़्त गहरी शर्म लगी। मैं हाथ फिराने से ही डूबने लगा था।

मैंने ऊपर आसमान में देखा। कुछ नहीं था। उसकी और मेरी ख़ामोशी को सुन लेने वाला स्वर्गतारा भी नहीं।

पता नहीं, वहाँ बैठे कितनी देर हो गई थी। अब सड़क से गाड़ियों की आवाज़ भी नहीं आ रही थी।

चौकीदार की सीटियाँ गूँज रही थीं।

भीतर बेटाजी रो रही थीं।

उसने कहा, "यहाँ कंफर्टेबल नहीं हो। अन्दर चलकर सो जाओ।"

"नहीं, यहीं पर बैठा हूँ। कंपेबल हूँ यहाँ।"

उसने मुस्कराना चाहा। मैंने भी।

यह बेटाजी का शब्द था। वह अब भी कंफर्टेबल को कंपेबल कहती हैं।

तय है, तेरी हत्या होगी

खाँसते-खाँसते मैं दोहरा हो रहा था। बालकनी का दरवाज़ा इसी तरह भेड़ दिया था। ज़्यादा सिगरेट पी ली थी। धुआँ छाती के भीतर कसमसा रहा था। वहाँ दर्द हो रहा था।

हवा ठंडी हो रही थी। सुबह जब नज़दीक होती है, तो ऐसी ठंडक आती है।

अचानक मेरे दरवाज़े पर दस्तक हुई। मेरा मन बिलकुल न हुआ कि इस अँधेरे को छोड़कर वहाँ तक जाऊँ। पर दस्तक बढ़ने लगी। कहीं बेटाजी और उसकी माँ न जाग जाएँ, मैंने जाकर दरवाज़ा खोला और भीतर तक काँप गया।

वहाँ वित्त मंत्री खड़ा था।

वह भीतर आकर सोफ़े पर पसर गया। इस तरह जैसे वह यहाँ पहले भी कई बार आ चुका हो।

मैं उससे कुछ नहीं कह पाया। जैसे पहले भी मैं उससे कुछ नहीं कह पाया था। जब वह मेरे बटुए में आ घुसा था, तब। जब वह मेरी तनख़्वाह का सन्तुलन बिगाड़ रहा था, तब। जब वह चश्मा पहन पिंक पेपरों पर हँसते बैठा रहता था, तब। जब वह पेपरों से निकलकर मेरी मेज़ पर आ बैठता था, तब।

इस बार भी मैं उससे कुछ नहीं कह पाया। उसमें यंकियों जैसी बेतकल्लुफ़ी थी।

मैं घबराया हुआ-सा उसके सामने बैठा था। वह पूरे घर का मुआयना कर रहा था।

"उस दिन तो तुम बच गए थे?"

....

"पर मैंने कहा था न, तय है, तेरी हत्या होगी।"

वह बूढ़ा हो रहा था। उसके चेहरे पर झुर्रियाँ थीं। उसने धोती-कुर्ता पहन रखा था। पैरों में मोजरी थी। उसके हाथों में किताबें थीं। उसकी आँखों पर सोडावाटर चश्मा था। वह शायद मेरे समय का सबसे पढ़ाकू आदमी था। आगे से उसके बाल उड़े हुए थे। उसके माथे पर तेज़ था। उसके गाल फूले हुए थे। उसके होंठ लाल थे। रंग गोरा था। स्निग्ध मुस्कान थी। और मासूमियत थी।

बचपन में क्लासरूम में सबसे ज़्यादा पढ़ने वाले, टीचर का सबसे ज़्यादा प्यार पाने वाले बच्चों की तरह था वह।

उसे देखकर कहीं से नहीं लगता था कि वह हत्यारा था। मुझे उसके पास कोई हथियार भी नहीं दिख रहा था।

फिर कैसे करेगा वह मेरी हत्या?

वह उठने लगा।

सिर्फ़ इतना ही बोलने आया था?

दरवाज़े तक बढ़ते-बढ़ते वह मुड़ा और उसने मेरे हाथ में मेरा बटुआ दिया। "तुम्हारा ही है न?"

"हाँ। तुम्हारे पास कहाँ से आया?"

"हा हा हा।"

मुझे याद है, बटुआ मेरी पैंट की पिछली पॉकेट में था। और पैंट दूसरे रूम में दरवाज़े के पीछे टँगी थी। और दूसरे रूम में मैंने इसे जाने नहीं दिया है।

"मैं पीसी सरकार से बड़ा जादूगर हूँ।" उसने कहा।

मैंने मुस्कराने की कोशिश की, "गिरहकट थे क्या पिछले जन्म में?"

इस लाइट-से सवाल से मैं उससे रिश्ता सुधार रहा था? उसे पैंपर कर रहा था? या उसके डर से पैदा हुई ख़ुशामद?

"इस जन्म में भी मैं वही हूँ।" उसने जवाब दिया, चश्मे के पीछे से एक आँख मारते हुए।

खड़े-खड़े वह मुझे अर्थशास्त्र के फंडे बताने लगा। वही सारे फंडे, जो मुझे बाबा, क्रेडिट कार्ड बेचने आए झूठे एग्ज़ीक्यूटिव, टेली स्काई शॉप वाला एग्ज़ीक्यूटिव, पिंक पेपर, अमीरों के पाँच नियम, अमीर पापा ग़रीब पापा, जीत आपकी, चिन्ता छोड़ो, सुख से जियो जैसे लोगों, जैसी किताबों ने कई बार बताया है।

मैंने उससे पूछा, "क्या तुमने डेविड जे. श्वार्ट्ज, डेल कारनेगी और शिव खेड़ा को पढ़ रखा है?"

वह मुझे ऊपर से नीचे देखता रहा, जैसे मेरे पूरे शरीर पर चुतियापे के फूल खिले हों।

मैंने फिर पूछा, "पर इससे निकलने का कोई रास्ता तो होगा ही?"

"तुम एक पर्सनल लोन ले लो। लाख-दो लाख का। अब तो गारंटी भी नहीं दिखानी होती। सैलरी स्लिप पर काम हो जाएगा।"

"मैं और लोन नहीं ले सकता। पहले ही बहुत परेशान हूँ मैं। उसकी क़िस्तें कैसे भर पाऊँगा?"

"और कोई रास्ता नहीं है", उसने देवताओं की तरह कहा, "यही एक तरीक़ा है, जिससे तुम बच सकते हो। पर्सनल लोन ले लो, उससे अपने दूसरे क़र्ज़ चुकाओ। बाक़ी सारे क़र्ज़ ख़त्म हो जाएँगे, तो एक जगह की क़िस्तें इत्मीनान से भरते रहना। दस जगह हाथ नहीं फँसेगा। अर्थशास्त्र का यही नियम है। चार छोटे-छोटे क़र्ज़ों से निकलने के लिए एक बड़ा क़र्ज़ ले लेना, हमेशा अच्छा होता है।"

उसने एक महान अर्थशास्त्री का कोट सुनाया और बताया, वह उससे कैंब्रिज में हाथ मिला चुका है। उस महान अर्थशास्त्री की हथेली से अक्सर पसीना निकलता है। इससे पता चलता है कि एक इंसान के रूप में वह अत्यंत संवेदनशील है।

मैंने कहा, "मुझमें हिम्मत नहीं है और लोन लेने की। पहले ही मैं छह से ज़्यादा जगहों की क़िस्तें भर रहा हूँ।"

"देखो दोस्त, लोन से बचकर नहीं रह सकते। यही इस समय का सत्य है। कलयुग नहीं, यह क़र्ज़-युग है। क़र्ज़ ही इस समय का सत्य है। क़र्ज़ लेकर तुम देश की अर्थव्यवस्था को भी मज़बूत करोगे। तुम्हारी रीपेइंग कैपेसिटी बढ़ जाएगी इससे। तब तुम अर्थव्यवस्था के भी विश्वस्त बने रह सकोगे।"

मैं बेवक़ूफ़ों की तरह उसे देखता रहा। बाबा की तरह उसकी बातें भी मेरे सिर से ऊपर जा रही थीं।

फिर दरवाज़ा खोल बाहर निकल गया, यह बोलते हुए—तय है, तेरी हत्या होगी।

मैं कान लगाकर सीढ़ियों से उसके जाने की आवाज़ सुनता रहा।

फिर एक कुर्सी पर धप से पड़ गया।

मैं जिस आग की तरफ़ आकर्षित हुआ था, वह यही थी। जो किताबों को फूँक डालती है, शहरों को झुलसा देती है, होंठों को सुखा देती है। यह बाज़ार ही है, जिसके गीत मैं गा रहा था और जो एक सामूहिक रुदन में बदल गया है। मैं सिर्फ़ दूसरों के साथ दौड़ रहा हूँ और इसे बहुत बड़ा काम मान रहा हूँ। मैं अपने ही भीतर से निकलती विडम्बना भरी आवाज़ों को सुन पा रहा हूँ।

मेरा जीनियस वाला माइग्रेन फिर शुरू हो गया। माथा अब फट रहा था। मैंने गीली हथेलियों से अपना सिर छुआ। वह तप रहा था। मुझे लगा, मैं अपने देश की गोल खोपड़ी को छू रहा हूँ, उसके सख़्त किनारों को महसूस कर रहा हूँ।

मेरी धड़कनें बढ़ी हुई थीं। पायजामे के भीतर टाँगें काँप रही थीं। इस काँप को बाहर से नहीं देखा जा सकता। कँखौरी से बेतहाशा गोमूत्र गन्धा रहा था। माथे पर चुहचुहा रहा था। मेरा गला सूख रहा था।

मैं नहीं चाहता था कि वह एक बार भी भीतर झाँक कर देखे। मैं बहुत डरा हुआ हूँ, वह मेरी बेटी या बीवी को किसी फंड में न तब्दील कर दे। कहीं वह मुझे ही ब्याज़ पर न चला दे।

मैंने झाँककर भीतर के कमरे में देखा। वहाँ ज़ीरो बल्ब लाल हल्की रोशनी बिखेर रहा था। वहाँ एक माँ और एक बेटी एक-दूसरे से चिपककर सो रहे थे। एक पवित्र और मासूम नींद। उनके सपनों में पता नहीं क्या आ रहा होगा।

मैंने चप्पल पहनी।

ज़रूरी है कि सिद्धार्थ जितनी बार कुछ जीवों को सोता छोड़ घर से निकले, उतनी बार उसे ज्ञान मिल ही जाए?

बीच सड़क नाम पुकारकर हत्या

मैं न जाने कब से चल रहा था। जैसे न जाने कब से जी रहा था। जैसे न जाने कब से लड़ रहा था। जैसे न जाने कब से झुका हुआ था। न जाने कब से इस देश में पल रहा था। न जाने कौन-से लोग थे आसपास।

न जाने कौन-सी जगह थी। सड़क बहुत चौड़ी थी, गली पतली थी। आसपास लोग ही लोग थे, मार तमाम लोग। न जाने कौन-सा वक़्त था, पर ऐसा लगता था जैसे दिन का समय था और घनी बदली थी। अँधेरा छाया हुआ था। हाथ को हाथ नहीं सूझ रहा था, लेकिन चारों ओर लोग दिख रहे थे। सायों की शक्ल में।

उस समय बहुत उदास था मैं। ऐसा लग रहा था, जैसे अन्त समय पास आ गया था। वित्त मंत्री कह कर गया था कि मेरी हत्या होगी। ऐसा बाबा ने भी कहा था। वह सामने से आ रहा है।

आकर मुझे देर तक देखता रहा, जैसा कि उसकी आदत है। वह मुझे अच्छा लगा। किसी खाँटी चेहरे पर दुनिया-भर की गुत्थियाँ होती हैं। उन्हें सुलझाने की कोशिश में आदमी कितना सुन्दर हो जाता है।

उसने सिर्फ़ एक ही शब्द कहा—महाभिनिष्क्रिमण? बुद्ध की तरह घर छोड़कर जा रहे हो?

मैंने कहा—सम्भव है निर्वाण। महापरिनिर्वाण। दुनिया ही छोड़कर जा रहा हूँ।

वह बोला—"ओह, तो तुम्हें ज्ञान प्राप्त हो ही गया था। उस दिन।"

मैंने बाबा से कहा—"मेरी रूह, तुम्हारी रूह को चूमना चाहती है।"

बाबा की पूरी देह मुस्कराई। वह बोला—"किसी और दिन। आज मेरी रूह छुट्टी पर है।"

मैं भी अहमक हूँ। बाबा चूतिया नहीं, चालू है। रूह को घर छोड़ आता है। मैं कमअक़्ल साथ लिए फिरता रहा।

मैंने सोचा कि बाबा को अपने साथ ले लूँ, पर वह निकल गया। उसे जल्दी थी, क्योंकि उसे कहीं नहीं जाना था।

मैं अकेला रह गया। सड़क पर सब निहत्थे थे। मैंने उनकी आँखों में झाँककर देखा। उन सबको पता था, मेरी हत्या होगी। उनकी आँखों में ख़ौफ़ नहीं था। ऐसा लग रहा था, वे सब वहाँ किसी न्यौते से खड़े थे।

मैंने देखा, उनमें वे भी थे, जिन्होंने उस दिन मुझे नेता बना दिया था और मेरे अपमान को टीवी पर दिखाया था। उनका कैमरा तैयार था। वे मेरी नई बाइट लेने वाले थे। मेरी हत्या की बाइट।

मैं बीच सड़क खड़ा हो गया। चारों ओर की भीड़ को देखते हुए। पेट पर हाथ रखकर। इतने में कहीं से हत्यारा आया। उसने ललकार कर मेरा नाम पुकारा। मैं हैरत में उसे देखने लगा। इस समय मुझे आभास हो रहा था कि मेरा कोई नाम भी है। मेरी पूरी कहानी पढ़ते हुए क्या आपको पता चला कि मेरा कोई नाम भी है? हो सकता है, कि मेरा नाम और आपका नाम एक ही हो!

हत्यारे ने हाथ तौलकर चाक़ू मारा और मेरे भीतर से लहू का फ़व्वारा निकला। मैं उसका चेहरा देख रहा था। वह हत्यारा पता नहीं कौन था। वित्त मंत्री था? सेल्स एग्ज़ीक्यूटिव था? पहलवान था? बाबा था? मैनेजर था?

पता नहीं, कौन था।

शायद वह मेरा समय था।

शायद वह आग थी, जिसके प्रति मैं आकर्षित हो गया था।

मैं तड़पता हुआ बीच सड़क गिर गया। हत्यारा लोगों को ठेलकर चला गया। आसपास खड़े लोग मुझे देख रहे थे। मुझे उनकी आँखों में रंचमात्र भी डर नहीं दिख रहा था। वे निडरतापूर्वक उन लोगों को आवाज़ दे-देकर बुला रहे थे, जिन्हें संशय था कि मेरी हत्या होगी।

मुझे तड़पता हुआ वहीं छोड़ दिया गया। थोड़ी देर बाद मैंने दम तोड़ दिया होगा। थोड़ी देर बाद मेरे घरवालों को बुलाया गया होगा और उन्हें सांत्वना दी गई होगी।

थोड़ी देर बाद...

थोड़ी देर बाद...

सच बताइए, आप क्या करेंगे इस थोड़ी देर बाद?

टीवी वालों ने, अख़बार वालों ने, अफ़वाह वालों ने, सबने कह दिया होगा कि ये एक आत्महत्या थी। इसे एक दृश्य की तरह देखा और दिखाया जाएगा। बिना इस दृश्य से एक पल को भी डरे। इस पूरी कहानी को एक फंतासी बता दिया जाएगा, किसी पागल दिमाग़ की कल्पना।

इसे हत्या, जिबह, वध या फिर एक मृत्यु ही, मानने से इंकार कर दिया जाएगा।

कोई नहीं मानेगा इन सारी बातों को। इस कहानी को।

कोई नहीं मानेगा कि मेरी हत्या की गई। साफ़-साफ़, कई दिनों से साज़िश करके। मेरे पीछे पड़कर। मेरी घड़ी को केंचुआ बनाकर। मेरे शरीर को गन्धक बनाकर। मेरी मेहनत के पसीने को जिससे मैं अपना छोटा-सा घर और छोटी-सी दुनिया चलाना चाहता था, उस पसीने को गोमूत्र बनाकर।

इस समय जब मैं सड़क पर गिरा हुआ हूँ, तब भी मेरे शरीर से ख़ून कम, मेरी मेहनत का पसीना अधिक बह रहा है।

कोई नहीं मानेगा।

पोस्ट स्क्रिप्ट

कोई नहीं मानेगा कि जो बातें मैं बता रहा हूँ, वैसा कभी हुआ था।

कोई नहीं मानेगा कि रेलवे स्टेशन पर इतनी हत्याएँ हुई थीं, और अख़बारवालों-टीवीवालों को पता ही नहीं चला।

कोई नहीं मानेगा कि एक आदमी को बीच सड़क मार डाला गया, जबकि सब देख रहे थे।

कोई नहीं मानेगा कि एक पूरी नस्ल के सपनों को रोडरोलर के नीचे रखकर कुचल दिया गया, जबकि सपनों के ख़ून के छींटे जगह-जगह दिखते हैं।

कोई नहीं मानेगा कि इतिहास से सारी ठगी निकलकर मेरी इस सदी में आ गई है, हालाँकि हर किसी के बटुए चोरी होते हैं।

कोई नहीं मानेगा कि वित्त मंत्री पिछले जन्म में गिरहकट था, और इस जन्म में भी गिरहकट ही है।

कोई नहीं मानेगा कि मैं एक छोटे से काग़ज़ पर साइन करके, एक चिंदी बराबर कार्ड लेकर एक बहुत बड़ी साज़िश का शिकार हुआ था, जबकि सबकी जेब में वैसे कार्ड हैं और सब कहेंगे कि ये बहुत साधारण-सी बात है कि यह तो एक टूल है, जिसका सही तरीक़े से इस्तेमाल करना चाहिए कि अगर तुम्हें इस कार्ड को चालाकी से इस्तेमाल करना नहीं आया, तो यह तुम्हारी ही ग़लती है, किसी और की नहीं।

कोई नहीं मानेगा कि अपने समय की चिन्ता करने वाले सैकड़ों सन्तों-महात्माओं को आत्महत्या करने पर मजबूर किया गया था, उनकी आत्महत्या को सजीवन समाधि का नाम दिया गया और उनकी कविता में वाद-विवाद की तफ़्तीश करते हुए उनके असली विचारों को हमेशा के लिए दबा दिया गया।

कोई नहीं मानेगा कि ये सारी राजनीति भाषा में हुई थी और मेरी भाषा में अभी भी ऐसे तमाम अक्षर हैं, जिन्हें जान-बूझकर किसी पाठशाला में नहीं पढ़ाया जाता। कि मेरी भाषा का सारा कार्य-व्यवहार ऐसी भाषा में होता है, जिसे पढ़ना किसी के बूते का नहीं।

कोई नहीं मानेगा कि हमारे समय में हार्ट अटैक, ब्रेन हैमरेज और हाइपरटेंशन से होने वाली लाखों मौतें सहज मृत्यु नहीं, बल्कि साफ़-साफ़ हत्या हैं और उनके हत्यारे दिन-ब-दिन फल-फूल रहे हैं और ख़तरनाक ख़तरा है, लेकिन ख़तरे की घंटी बादशाह के हाथ में है, जिसे बजाने में उसके स्वार्थ आड़े आते हैं और बादशाहत जाने का ख़तरा भी।

कोई नहीं मानेगा कि हर आत्महत्या दरअसल हत्या थी, जिसके लिए मरने वाला दोषी नहीं था।

कोई नहीं मानेगा कि हममें से हर किसी को चौराहे पर घेरकर पूर्वघोषणा के साथ मार दिया जाता है कि मरे हुए लोग अपनी ही शक्लोसूरत में लाश के पैरों पर खड़े होते हैं और लाशों जैसा जीवन जीने लगते हैं, ज़िन्दा होने का भ्रम देते हुए। मारकेस के उपन्यास 'क्रॉनिकल ऑफ़ अ डेथ फोरटोल्ड' की तरह हर आँख ने देखी होती है वह हत्या, लेकिन फिर भी किसी ने स्वीकार नहीं किया आज तक कि कोई हत्या हुई भी थी।

कोई नहीं मानेगा कि दुनिया बहुत ख़ूबसूरत हो सकती थी, पर कुछ लोगों ने उसका ख़ूबसूरत हिस्सा अपनी ओर घुमा लिया है और असंख्य लोगों को पीछे वाली साइड का घुटन-भरा अंधकार और बदसूरती दे दी है।

कोई नहीं मानेगा कि इस समय भी अपनी कविता, गीतों, धुनों, फ़िल्मों, पेंटिंग्स और तस्वीरों में दुनिया को ख़ूबसूरत कहने वाले लोग दरअसल समय और सभ्यता के सबसे बड़े गुनहगार हैं, जिन्हें कोई कठघरे में खड़ा नहीं करता क्योंकि अदालत का जज घूस में मिले पैसे, डिनर में मिला मुर्ग़ा और विदेशी शराब छककर तोंद के नीचे की ज़िप खोले चित्त सोया है, फ़ैसला लिखने वाली निब को तोड़कर।

कोई नहीं मानेगा कि मेरे समय में बाबा जैसे लोग हैं, जिन्होंने समय देखकर पाला बदल लिया, जिनके कारण चे ग्वारा और गांधी जैसे लोग बहुत दुखी हैं किसी दुनिया में, बल्कि उसके जैसे लोगों को हमेशा पुरस्कृत किया जाएगा, वे हर छठे महीने मिडटर्म इंक्रीमेंट पाएँगे, प्रमोशन पाकर और अधिक सिर छाँटेंगे।

कोई नहीं मानेगा कि चे और गांधी लोगों के सपनों में आना चाहते हैं, लेकिन सबकी नींद एक थ्री रूम फ्लैट, एक लग्ज़री कार, एक ब्लैकबेरी मोबाइल और सिलिकॉन बूब्स वाली किसी सुन्दरी के सपनों से फुल हाउस ठुँसी पड़ी है। नींद के दरवाज़े पर चे और गांधी से कहा जा रहा है—सब्र कीजिए, आप क़तार में हैं।

कोई नहीं मानेगा कि नींद पूरी हो जाने और सूरज के सिर चढ़ जाने के बाद कभी इनका नम्बर नहीं आ पाया।

कोई नहीं मानेगा कि ये पूरी तरह मैनेजरों का समय है, जिसमें मातहतों के भीतर मैनेजर बनने के अलावा और कोई सपना नहीं बचा।

कोई नहीं मानेगा कि वह आज पहले के मुक़ाबले ज़्यादा ग़रीब है, भले उसके घर में सब कुछ इकट्ठा क्यों न हो गया हो।

कोई नहीं मानेगा कि जो कुछ भी लिखा है मैंने, वह सच है, सहज ज़बान में है और ऐसा ही हो रहा है चारों तरफ़।

कोई नहीं मानेगा क्योंकि यह बहुत अविश्वसनीय समय है, जिसमें सच पर विश्वास नहीं किया जाता, क्योंकि वह बहुत पकाऊ, लम्बा, पेचीदा और अतिकथन वाले अतियथार्थ से भरा होता है।

क्योंकि सच को कभी भी सुकून देने वाले, मुसु-मुसु हासी टाइप के कलात्मक सौंदर्य और नज़ाकत के साथ नहीं कहा जा सकता।

कोई नहीं मानेगा यह सब क्योंकि यह हर बात में ठहाका लगाने वाले मनोरंजन के बाप का युग है और कोरे सच से कभी मनोरंजन नहीं होता, जब तक कि उसमें झूठ और कल्पनाएँ न मिलाई जाएँ, कम से कम सनसनाता संगीत ही।

कोई नहीं मानेगा, क्योंकि सच जितना पुराना होता जाता है, उतना ही बास मारता है और बास मारने वाली चीज़ों को हम दूर कूड़े के ढेर पर फेंक आते हैं।

अगर अभी मैं कह दूँ कि इस कहानी की सात फोटोकॉपी कराके सात अलग-अलग लोगों को कोरियर करने या बांटने से आपको सिर्फ़ सात घंटे में सौभाग्य की प्राप्ति होगी, और ऐसा न करने पर आपको वैष्णो देवी या साईं बाबा का कोप झेलना पड़ेगा, तो इसे झूठ मानते हुए भी कुछ लोग इस पर यक़ीन कर लेंगे और सात नहीं, सत्तर को बाँट देंगे, पर मेरे कहे हुए सच को प्रेमीजन एकालाप कह देंगे, एक सनक गए आदमी की बे-रियायत भाषा वाली अपठनीय-असुननीय बड़बड़ाहट।

अतिकथन से बचते हुए किफ़ायत से भाषा का इस्तेमाल करने की सलाह देने वाले विज्ञापन फ़िल्मों के कॉपीराइटर छाप अर्धकवि-अर्धलेखकों और हिन्दी साहित्य के सुर-सुरा-सुन्दरी आशिक़ आलोचकों को इरिटेट करने वाली बड़बड़ाहट। सुख की चकाचौंध की मुख़ालफ़त करती बोझिल अँधेरी ऊटपटाँग बातें।

न ढिबरी, न बाती। न सिर, न पैर। न अंग, न जननांग। न बाजा, न बाराती।

पर सबको क़सम है बचे हुए ईमान की, सच बताना, क्या आपको नहीं लगता कि जब सन्त ज्ञानेश्वर ने ख़ुद को एक गुफा के भीतर बन्दकर बाहर से बड़ा पत्थर रखवा दिया था, जब हेमिंग्वे ने कई बार अभ्यास के बाद ख़ुद को गोली मारी थी, जब वैन गॉग ने अपना कान काटा था

और अपनी छाती को छेद डाला था, जब लखनऊ की एक इमारत से कवि विजय शर्मा कूदा था, जब मानबहादुर सिंह को इसी तरह घेरकर चाकुओं से गोद डाला गया था, जब रशिया के कवि मायकोवस्की और सिर्फ़ 26 साल के बोरिस रीत्झी ने ख़ुदकुशी की थी, जब सिल्विया प्लाथ ने अपना सिर ओवन में झोंक दिया था, जब टोपी शुक्ला ने अपनी जीवनलीला समाप्त कर ली थी, जब नामदेव सखाराम बांडेकर, हरजीत सिंह हन्नी और जोगन्नाथ दाश जैसे महाराष्ट्र, पंजाब और उड़ीसा के सैकड़ों किसानों ने सल्फास खा लिया था या नहर में कूद पड़े थे या फंदा लगा लिया था, तब ये सारे लोग भी मेरी ही तरह बड़बड़ाती हुई एकालापी ख़ामोशी की किसी पतली-सी डोर पर, हुनर भूल गए नट की तरह, झूल नहीं रहे थे?

✪

अन्त में, अलग से

'गोमूत्र' का पहला प्रकाशन वर्ष 2008 में 'नया ज्ञानोदय' में हुआ था। किताब की जिल्द में इसे पहली बार 2010 में मैंने 'पिंक स्लिप डैडी' में शामिल किया था।

संशोधित और परिवर्धित पाठ के साथ 'गोमूत्र' का यह नया संस्करण अब स्वतंत्र पुस्तक के रूप में आपके हाथों में है।

'गोमूत्र' को कभी उपन्यास माना गया, कभी लम्बी कहानी या नॉवेला। मैं विधाओं के अन्तर में पड़ने के बजाय इसे अपने राजनीतिक-आर्थिक समय का एक साहित्यिक पाठ कहता हूँ।

पुस्तक के आरंभ में पोलिश कवि एडम ज़गाएव्स्की की कविता का मेरे द्वारा किया गया अनुवाद प्रस्तुत है। 'आग' शीर्षक इस कविता का हिन्दी पाठ रेनाता गोर्शिन्स्की द्वारा पोलिश से अंग्रेज़ी में किये अनुवाद पर आधारित है। एडम ज़गाएव्स्की ने इस कविता का इस्तेमाल करने की अनुमति उदारतापूर्वक दी, इसके लिए मैं उनके प्रति आभार व्यक्त करता हूँ।

इस किताब के अन्य हिस्सों में मैंने अपने प्रिय लेखकों जयशंकर प्रसाद, बर्तोल्त ब्रेख़्त, व्लादिमीर मायकोव्स्की, गजानन माधव मुक्तिबोध, रघुवीर सहाय, एडम ज़गाएव्स्की और गाब्रिएल गार्सीया मार्केस की पंक्तियों का प्रयोग किया है। कुछेक बार स्वतंत्र वाक्यों के रूप में, तो कभी अन्य वाक्यों में विन्यस्त करके। प्रकाश-स्तंभ जैसे इन पूर्वज लेखकों के प्रति यह मेरा प्रेम व सम्मान है, तथा उनसे निरन्तर अनुप्राणित होते रहने के भाव की प्रतीति भी है। इन सभी को नमन!

मैं उन सभी मित्रों और पाठकों का आभारी हूँ, जिनकी प्रतिक्रियाओं ने मुझे सम्बल और मार्गदर्शन प्रदान किया।

2023

—गीत चतुर्वेदी

गीत चतुर्वेदी के रचनाकर्म पर कुछ प्रमुख शस्तियाँ

भारत के दस सर्वश्रेष्ठ युवा लेखकों में से एक।

—इंडियन एक्सप्रेस

21वीं सदी के पहले दशक के मेरे प्रिय कवि व कथाकार हैं गीत चतुर्वेदी।

—नामवर सिंह

'सावंत आंटी की लड़कियाँ' गीत की ऐसी रचना है, जिसमें लड़कियाँ, आलोकधन्वा की भागी हुई लड़कियों से आगे के समाज की हलचल हैं। वे अंग्रेज़ी उपन्यास 'डिफिकल्ट डॉटर्स' से भी आगे की कठिनाइयाँ हैं—वे कुलीनता को तोड़ती हैं, वे ज्योतिष, वर्ण-व्यवस्था, ब्राह्मणवाद से बेख़ौफ़ मखौल उड़ा रही हैं। वे जीवन को गहरी उथल-पुथल में डाल रही हैं। कठोर इलाक़ों में प्रवेश करती हुईं वे लगभग बेक़ाबू हैं, उनका जोखिम ज़बर्दस्त है, शास्त्रीयता का मुखौटा तोड़ने वाला। बावजूद इसके, यह कहानी फ़तह नहीं, त्रासदी है...। इस कहानी ने हिन्दी साहित्य के ढेर सारे ऊँघते-आँघते लोगों को नींद से जगा दिया और हिन्दी के पाठकों में एक नई अपेक्षा और विश्वास भी पैदा किया। अपने कथन में लफ्ज़ की बारीक नक्काशी के साथ ही गद्य में भी कविता की सुगन्ध, गीत के लेखन की विशेषता रही है...। कुछ नई प्रगतिशील प्रतिभाओं में गीत का नाम प्रमुख है। गीत के पास बहुत

ताज़ा और चमकीली भाषा है। वह विचारवान और स्वप्नदर्शी हैं।

—ज्ञानरंजन

गीत चतुर्वेदी ने अपने गल्प व कविताओं में अवाँ-गार्द भाव दिखाया है। उनका अध्ययन बेहद विस्तृत है जो कि उनकी पीढ़ी के लिए एक दुर्लभ बात है। यह पढ़ाई उनकी रचनाओं में अनायास और सहज रूप से गुँथी दिखती है। उनकी भाषा व शैली अभिनव है। उनके पास सुलझी हुई दृष्टि है जिसमें क्लीशे नहीं और जो कि वर्तमान विचारधारात्मक खेमों के शिकंजे में भी फँसी हुई नहीं है।

—अशोक वाजपेयी

गीत चतुर्वेदी समकालीन रचनाशीलता के विरल उदाहरण हैं। कविता, कहानी और अनुवाद में उन्होंने कई यादगार काम किये हैं। 'साहिब है रंगरेज़' उनके कथाकार की उपलब्धि है।

—अखिलेश, *कथाकार और सम्पादक, 'तद्भव'*

जब मैंने पहली बार 'सावंत आंटी की लड़कियाँ' पढ़ीं, तो दंग रह गया कि क्या इक्कीसवीं शताब्दी के प्रारंभ में मज़दूरों के घर-परिवार और बच्चों की निजी ज़िन्दगी पर इतनी अच्छी कहानी भी लिखी जा सकती है।

—सूरज पालीवाल, *वर्तमान साहित्य*

गीत चतुर्वेदी ने केवल दो कहानियाँ लिखकर हिन्दी जगत का ध्यान खींच लिया है। उनकी कहानी 'सौ किलो का साँप' अपनी भाषा की रचनात्मकता और विन्यास के सौष्ठव के चलते प्रभावशाली बन पड़ी है।

—कृष्णमोहन, *नया ज्ञानोदय*

मिथकों और दंतकथाओं का आविष्कार गीत चतुर्वेदी की कहानियों की विशेषता है। हमारी इतिहास चेतना को तथ्यों के घटाटोप में मूँदकर तबाह करने के षड्यंत्र की मुख़ालफ़त करते हुए गीत की कहानियाँ व्यष्टि के बहाने समष्टि का भावात्मक इतिहास बनकर पाठकों के कलात्मक आस्वाद का विस्तार करती हैं। चाहे 'सौ किलो का साँप' हो, 'सावंत आंटी की लड़कियाँ', या फिर 'साहिब है रंगरेज़' जैसी

कहानी, गीत हमारे समाज के अवचेतन में दबी पड़ी उत्कंठाओं, आशाओं और दुराशाओं को एक गहन अन्तर्दृष्टि के साथ रचनात्मक लहजे में ढालते हैं।... (उनकी कहानियों के) संसारों की बहुलता के मूल में है भाषा की बहुध्वन्यात्मकता। गीत भाषा के साथ बहुत सजग और रचनात्मक खिलवाड़ करते हैं।

—**प्रियम अंकित,** *प्रगतिशील वसुधा*

बहुत ही कम रचनाकार होते हैं, जो एक भिन्न भाषाई बोध से समाज में अपना आत्मीय सम्बन्ध क़ायम कर पाते हैं, गीत चतुर्वेदी उन्हीं विरल रचनाकारों में से एक हैं। 'साहिब है रंगरेज़' निश्चित ही एक बेहतरीन रचना है। इसकी प्रासंगिकता और अर्जित मूल्यबोध हमारे समय को सीधे और बहुत कटु यथार्थ के साथ सम्बोधित है। इसी कारण यह हमारे समय की जीवित मन:स्थितियों का एक पाठ उपलब्ध कराती है।

—**जीतेन्द्र गुप्ता,** *प्रगतिशील वसुधा*

'पिंक स्लिप डैडी' को बिना किसी संकोच के हाल के वर्षों में रची श्रेष्ठ कहानियों में माना जाना चाहिए। ...यह अपने आकार में ही नहीं, अभिप्राय में भी औपन्यासिक है। ...'पिंक स्लिप डैडी' एक ऐसी कथा-रचना है, जहाँ कहानी और उपन्यास का भेद मिट जाता है। ...यह समकालीन भारत की पहली बड़ी कथा-रचना है, जिसका सम्बन्ध मैनेजमेंट केन्द्रित कार्पोरेट दुनिया से है। भाषा गीत चतुर्वेदी की कहानियों का एक अहम पक्ष है। यह बिना संकोच के कहा जाना चाहिए कि जिस तरह का वाक्य वे रचते हैं, वह बनावटी, सजावटी या शैली की सुघड़ता नहीं दिखाता, और कई समानांतर व परस्पर सम्बद्ध-असम्बद्ध चीज़ों को एक साथ गूँथ देते हैं। गीत की भाषा में कविता भी है और चलताऊ मुहावरेबाज़ी और फ़िक़रे भी। इसमें 'श्रम का राग' भी है और 'भ्रम का गीत' भी। 'पिंक स्लिप डैडी' में कई कहानियाँ हैं, कई लोगों की कहानियाँ हैं और कई लोगों की कई-कई कहानियाँ हैं। इतनी सारी कहानियों को एक साथ समेटना, वह भी इस तरह कि ये सारी कहानियाँ एक ही कहानी लगे, एक सिद्धहस्त कथाकार के ही बूते की बात है।

—**रवीन्द्र त्रिपाठी,** *कथादेश*

गीत ने बहुत क़रीने से एक लाजवाब कहानी (सिमसिम) बुनी है, जो तेज़ी से उभर रहे नये बाज़ार की नृशंसता को उजागर करती है।

—जयनंदन, *समकालीन युवा कहानी*

गीत चतुर्वेदी की कहानियाँ सामाजिक-आर्थिक प्रक्रिया में बने, छूटे समाज के बहुस्तरीय यथार्थ को सामने लाती हैं। समाज की मानसिक संरचना का अध्ययन गीत की कहानियों की प्रमुख विशेषता है। गीत अपनी संरचनात्मक विशिष्टता के कारण अलग से पहचाने गए हैं।

—राजीव कुमार, *इंडिया टुडे*

गीत चतुर्वेदी की कहानियाँ अपने समय में खड़ी होकर भी अपना क़द समय से ऊपर उठाती हैं। छोटे लोगों की ज़िन्दगियों का सिलसिलेवार महाआख्यान हैं गीत की कहानियाँ। इन कहानियों में गीत ने अपने समय की स्त्री नहीं, बल्कि सबसे सत्ताहीन स्त्री को न्याय देने की कोशिश की है। ...डिम्पा की माँ (साहिब है रंगरेज़) हिन्दी कहानी का कालजयी चरित्र है।

—शशिकला राय

गीत चतुर्वेदी की काव्य-निर्मिति और शिल्प की एक सिफ़त यह भी है कि वह यथार्थ और कल्पित, ठोस और अमूर्त, संगत से असंगत, रोज़मर्रा से उदात्त की बहुआयामी यात्रा एक ही कविता में उपलब्ध कर लेते हैं। इतिहास से गुज़रने का उनका तरीक़ा कुछ-कुछ चार्ली चैपलिन-सा है और कुछ काल-यात्री (टाइम-ट्रैवलर) सरीख़ा...। भारतीय समाज के लुच्चाकरण और अमानवीयता पर जो बहुत कम हिन्दी कवि नज़र रखे हुए हैं, गीत उनमें भी एक निर्भीक यथार्थवादी हैं।

—विष्णु खरे

गीत चतुर्वेदी ऐंद्रिक सजगता और कल्पनाशीलता से अपनी अभिव्यक्तियों को, उनके पुराने ठिकानों से एक क़दम आगे ले जाकर, एक ताज़गी का अहसास देते हैं।

—नरेश सक्सेना

गीत सांद्र अहसासों के कवि हैं। इसीलिए उनकी कविता में अर्थ की सघनता है।

—पंकज चतुर्वेदी

गीत चतुर्वेदी की भाषा और अन्तर्वस्तु में संवेदना की मार्मिकता की सबसे अनछुई ताज़गी है। वह कविता में सुबह की मानिन्द हैं, तरोताज़ा, धारोष्ण कथ्य और बिम्बों के कवि। हर बार वह कविता में अपनाया अपना ही रास्ता बदलने का कौशल भी रखते हैं। उनमें समसामयिकता की हड़बड़ी नहीं... उनकी कविताओं की धात्विक चमक देखकर हम 'मार्वलस' के भाव से भर उठते हैं।

—ओम निश्चल

गीत की कविता अपने नितांत नये और मौलिक मुहावरे में भारतीय समय, ख़ासकर 2001 के बाद का समय, का एक अनोखा आख्यान रचती है और ऐसा करने के लिए उसे किसी अपेक्षाकृत बहुत लम्बे शिल्प की ज़रूरत नहीं होती— यह गीत का अपना ख़ास हुनर है, मैं ख़ुद अपने लिए भी जिसकी कामना तो बहुत करता हूँ पर जो मेरे पास नहीं है, इस पीढ़ी में शायद किसी के पास नहीं है।

—शिरीष कुमार मौर्य

गीत चतुर्वेदी का आगमन हिन्दी साहित्य संसार में व्यक्त नहीं, घटित हुआ है। मुरीदों, निन्दकों, रक़ीबों ने अपने स्नायुतंत्र पर उन्हें घटना की तरह बर्दाश्त किया और उनके 'अप्रत्याशित' पर चुप हो गए या कहीं और चले गए।

—व्योमेश शुक्ल

प्रेम की राजनीति (प्रेम और राजनीति) जैसे विषय-सम्बन्ध कवियों ने समाज-वैज्ञानिकों के लिए छोड़ रखे हैं। गीत ने कविता में ख़ुश्की की बहुत परवाह किये बग़ैर इन प्रोज़ेक विषय-सम्बन्धों को कविता की मुख्य-भूमि पर खड़ा कर दिया है। और देखिए, ऐसा करते हुए वह कितना सजग, भिन्न और अभिनव हो चले हैं।

—अनुराग वत्स

गीत का लेखन ध्यान या विपश्यना की तरह है। कील पर हथौड़े की तरह, वह हमारी चेतना पर लगातार प्रहार करते हैं, हमारी स्मृतियों को झंझोड़ देते हैं। हर एपिसोड जीवन के किसी पहलू पर किया गया मेडिटेशन है— प्यार, मृत्यु, विस्मृति, स्त्रियाँ, परम्परा, राजनीति। जन्म के क्षण को राजनीति से जोड़कर देखना— उनके यहाँ थोड़ा-सा कुंडेरा भी हैं। अचूक राजनीतिक समझ के साथ लिखी गई यह कविता एक मास्टरस्ट्रोक है।

—आशुतोष भारद्वाज *('उभयचर' पर)*

गीत की कविताएँ काव्यत्व से भरी हैं। अर्थ के एकार्थी रास्ते पर इनके चिह्न शायद स्पष्ट न हों, अर्थांतर के चौराहे पर खड़ी ये अपनी उजली रोशनी हर दिशा में फेंकती हैं। बने-बनाए रास्ते पर न ये चलती हैं, न अपना कोई निश्चित पता छोड़ती हैं। गीत चतुर्वेदी हिन्दी कविता के अगले सराय हैं।

—अरुण देव

गीत चतुर्वेदी अपनी पीढ़ी के मेरे सबसे प्रिय कवियों में है। उसकी कविताएँ बोलती हैं और वह अक्सर चुप रहता है।

—अशोक कुमार पाण्डेय

किसी भी अच्छे कवि की तरह, गीत चतुर्वेदी के पास तीसरी आँख है, जिसकी मदद से वह सिनेमाई तकनीकों का प्रयोग करते हैं और ऐसे दृश्य रचते हैं जो अद्भुत, मासूम और खिलन्दड़ हैं। उनके संवेदना-बोध और शैली की सूक्ष्मता के कारण उनकी कविताओं को पढ़ने में अत्यन्त आनन्द आता है।

—दुन्या मिख़ाइल, *अरबी भाषा की इराक़ी कवि*

गीत चतुर्वेदी एक विलक्षण कवि हैं।

—सुदीप सेन, *भारतीय अंग्रेज़ी भाषी कवि*

भारतीय साहित्य की संस्कृत-पालि परम्परा, योरप के उत्तर-आधुनिक साहित्य व विश्व-कविता के अध्ययन के कारण गीत चतुर्वेदी की

कविताएँ स्वाभाविक रूप से इंटर-टेक्स्चुअल हैं।

—**अरुंधति सुब्रमण्यम,** *भारतीय अंग्रेज़ी भाषी कवि*

गीत चतुर्वेदी की कविताएँ सम्मोहक हैं। उनमें पारभासी छवियाँ व विलक्षण बिम्ब हैं। भाषा के साथ एक विशिष्ट रति-रम्यता है जो पाठक को अतींद्रिय आनन्द का अनुभव कराती है। असम्बद्ध काव्य-संरचना के कारण हर पंक्ति या अनुच्छेद अपने आप में एक अलग दुनिया है, हर पंक्ति एक नई शुरुआत, एक नया अन्त है। गीत चतुर्वेदी एक दुर्लभ कवि हैं, हृदय के इतिहासकार, आत्मा के पुरातत्ववेत्ता।

—**अनिता गोपालन,** *'पेन अमेरिका' द्वारा पुरस्कृत अनुवादक*

हिन्दी के वर्तमान कवियों में गीत चतुर्वेदी का स्थान शिखर पर है।

—**द लल्लनटॉप**

आमतौर पर देखा जाता है कि हिन्दी में वे कवि लोकप्रिय होते हैं, जो या तो ग़ज़ल लिखते हों या अशआर, फ़िल्मों में गीत लिखते हों या मंच पर छन्दबद्ध रचनाएँ। गीत चतुर्वेदी इनमें से कुछ नहीं लिखते। वह मुख्यधारा के गम्भीर साहित्यिक कवि हैं। वह पूरी तरह मुक्तछन्द में लिखते हैं, मंचों पर नहीं जाते, ना ही उनका कोई फ़िल्मी बैकग्राउंड है। इसके बावजूद, गद्य जैसी दिखने वाली उनकी काव्य-पंक्तियाँ जनता के बीच हाथोंहाथ ली जाती हैं। उनकी पंक्तियाँ आपको कमोबेश हर जगह दिख जाएँगी— लोगों के सोशल मीडिया पोस्ट से लेकर व्हाट्सऐप स्टेटस तक, पत्रिकाओं के पन्नों से लेकर हैंडमेड बुकमार्क्स तक। गीत चतुर्वेदी के प्रशंसक हर सम्भव जगह तक उनकी पंक्तियाँ पहुँचा देते हैं। हिन्दी के साहित्यिक गलियारों में एक वाक्य अक्सर सुनाई पड़ता है, 'गीत चतुर्वेदी ख़ुद नहीं बोलते, उनका काम बोलता है।'

—**आशुतोष कुमार ठाकुर,** *न्यूज़ 18 हिन्दी*